Franziska König

Im Banne des Professors

Ein Journal

Meinem lieben Onkel Dölein gewidmet!

TWENTYSIX – Der Self-Publishing-Verlag
Eine Kooperation zwischen der Verlagsgruppe Random House und
BoD – Books on Demand
© Mai 2020 von Franziska König
Titelbild: Ein kunstvolles Gemälde von Erika König
Zeichnung von Iwan König
Zuschnitt: Andreas Rothfuß, Blankenfelde
Herstellung und Verlag: BoD –Books on Demand Norderstedt
ISBN: 9783740765743

Franziska (Kika) mit ihrer Violine – fotografiert von ihrer lieben Freundin Ute aus Rottweil

„Wenn ich dereinst verstorben bin, so schweigt auch meine Violine!" so denkt sie.
Und drum bringt Franziska alle vier Wochen ein schlankes Taschenbuch heraus:
Erzählt werden Geschichten aus ihrem Leben, die von erhöhtem Interesse sein dürften.
Jeden vierten Dienstags um 18.05 wird das fertige Manuskript in die Umlaufbahn entsandt.

Alle Vorkömmlinge finden sich am
Schluß des Buches im Personenverzeichnis

Hier aber meine Lieben vorneweg:

Buz (Wolfram), mein Papa (*1938)
Rehlein (Erika), meine Mutter (*1939)
Ming (Iwan), mein Bruder (*1964)
Julchen, seine Lebensgefährtin (*1983)
Pröppilein (Yaralein), kleines Töchterlein von
Julchen und Ming (*2012)
*(Fast alle wurden eines Tages umbenannt wie man sieht.
Rehlein gar nach der Berta in der „Lindenstraße", die von
ihrem Hajo ebenfalls „Rehlein" genannt wurde, und ein
ähnliches Schicksal hatte wie unser Rehlein: Einen Mann, der
ständig seine saublöden Spezis mit nach Hause brachte.)*

Zum Hintergrund der Geschehnisse empfiehlt sich ein Blick auf diesen Link:
Einfach nur - **familie könig vs werner bonhoff** – in die Suchmaschine eingeben

November 2014

Sonntag, 1. November 2014
Lauterbach/Schwarzwald

Ein wunderschöner, warmer Tag.
Dem goldenen Oktober war es geglückt,
sich in den November hinein zu retten

Vorwissen:

Im Rahmen meiner Reisen nächtigte ich bei meiner Freundin Katharina auf dem Sofa.
Katharinas Hausfreund Karsten befand sich (noch) in der Psychiatrischen, stand jedoch kurz vor der Entlassung, und ihr 13-jähriger, schwer erziehbarer Sohn Marius wiederum stak in der Konfirmandenfreizeit fest.
Am Nachmittag wollte sich die Katharina mit einem fremden Herrn namens Alexander treffen, der in der Zeitung ein Inserat aufgegeben hatte, und eine Frau suchte.

Bettschwer und von wohliger Schlafenssüße umfasst, sinnierte ich meinen Träumen hinterher:
Ich war ins Gefängnis von Celle eingeliefert worden, und das Ambiente möge man sich folgendermaßen vorstellen:
Die Wand in schmuddeligem Hochglanz-Industrieweiß derart lieblos gestrichen, daß die Farbe an vielen Stellen aufgeplatzt und abgebröckelt war. Ein schäbiger giftgelber Linoleumboden, der bei jedem Schritt unschön quietschte, ebenso wie die Türen und die verrosteten Schlösser, die bei

jedem Auf- und absperren schrill und markerschütternd aufjaulten.

Überraschenderweise mußte ich mir die Zelle mit zwei Herren teilen. Doch die waren gottlob soweit ganz nett, und schienen sich über die Gesellschaft einer Dame zu freuen.

Ich dachte positiv, und stellte mir nun vor, daß man sicherlich ganz gut acht Jahre lang mit denen irgendwie klarkommen könne, wenn man nur wolle!

Mir fiel auch immer irgendetwas Neues ein, was man – entblößt von all seinem Besitz - wohl doch noch mit dem Leben anfangen könne. Z.B. ,,versuchen, ein Vorbild zu sein!" Doch von den aufgebrummten acht Jahren war noch nicht einmal ein halber Tag um.

Weswegen ich die aufgebrummt bekommen hatte, wußte ich gar nicht, und im Traum schien´s mir auch nicht weiter von Interesse. ,,Man wird doch wohl nicht alles wissen müssen?"←(dies dachte ich soeben, als der Wecker tönte.)

Dann dachte ich wieder über die frisch gebackene Witwe Frau Reimer nach.

Das Bestreben, mich rasch und tief mit ihr zu befreunden sinkt wie eine Sonne, weil ich verabsäumt hatte, diese Chance zu ergreifen. Man läßt die Chance sinken und <u>ver</u>sinken, weil man – grad so, wie andere den Arsch nicht hochbekommen – die Hände nicht hochbekommt.

Kein Brief scheint einem klug genug, und ein Zerdenkungsprozess hat begonnen.

Auch die Katharina war mittlerweile erwacht, und trat verschlafen ihren Tagesumlauf an.

Irgendjemand habe um 0:22 bei ihr angerufen, wie ein Blick auf das Smartphon verraten hatte, so jedoch keine Botschaft hinterlassen, und in der Katharina zog ein ungutes Gefühl auf, zumal ihr die wachrüttelnden Worte der Chordame Agnes noch in den Ohren tönten: „Dem wirsch Du doch hoffentlich koi Adresse gegeben haben?!?"

Daß sie sich einfach einen wildfremden Herrn, der in der Zeitung eine schlichte Anzeige aufgegeben hat, in die Wohnung bestelle!

„Ich will Dir ja koi Angscht einjagö!" hatte die Agnes, die bereits in jungen Jahren Oma wurde, zwiefach ausgerufen, doch genau die hatte sie der Katharina nun eingejagt.

Beim Telefonieren ist die Katharina immer schnell dabei. Jetzt z.B. rief sie in der Psychiatrischen an, um zu eruieren, ob es womöglich der Karsten war, der da mitten in der Nacht angerufen habe?

„Da müsset Sie das Patiententelefon orufö!" hörte man eine sterile Herrenstimme durch den Hörer sagen.

„Dös wollt i eigentlich! I hän denkt, dös wär´s!"

Dieser „Herr Klug", der sich gerne als Fachkraft aufplustert, sei ja selber ein Insasse, erfuhr ich später. Er meldet sich, und genießt es, für einen Bediensteten gehalten zu werden, der es sich erlauben darf, leicht von oben herab zu agieren.

Die Katharina sprach dann aber doch noch mit dem Karsten, doch der Karsten stak ganz sicher nicht hinter dem nächtlichen Anruf, und klang hinzu völlig normal.

In einigen Tagen wird er nach langer Zeit aus der Gesundheitshaft entlassen, und muß sich wieder im Alltag orientieren. Einen Führerschein hat er nicht mehr. Doch ob ihn die Katharina nun überall hinfährt, wie er sich dies so denkt??

Dann rief die Katharina auch noch den Antonio an, und wollte wissen, ob *er* wohl hinter dem mysteriösen nächtlichen Anruf stak?

Der Antonio am Ende der Leitung hörte sich verwundert und siegessicher an: [Die Kleine scheint nicht von mir loszukommen]: „Wieso sollte ich Dich anrufen?"

In derart geschliffenem Deutsch sagte er es jedoch nicht. Es klang eher so:

„Warum ich di in die Nacht anrufe???!?! Ääääää???"

Nein, der Antonio war's wohl auch nicht, und bald hätte die Katharina auch noch den Pfarrer Wachlin angerufen – ob vielleicht etwas mit dem Marius sei? Nein. Den Marius vermisse sie immer noch nicht.

Dann wiederum rief *ich* die Sabine an, und in *der* Sekunde, in der sie sich meldete, heulte der Staubsauger auf, und schien auch Sabines fragendes „Hallo" gleich mit eingesaugt zu haben.

Es ging um unsere Probe zur Mittagsstund.

Katharina und ich begaben uns auf einen kleinen Vormittagsspaziergang.

In einer etwas fernen Ausstrahlung lief die Katharina neben mir her, und schien nicht so ganz in Form. Zu viele bedrückende Gedanken bepickten und marterten sie.

Ich erzählte von meinen Onk- und Tanteln, doch die Katharina war nicht so ganz dabei. Sie hatte das Gefühl, vielleicht Bluthochdruck bekommen zu haben, weswegen sie heut um ein Uhr ihr Bluthochdrucksmessgerät beim Antonio abholen wollte, das der Antonio ausgeliehen und nie zurückgebracht hatte.

Als wir an den schönen Apfelbäumen vorbeiliefen, erzählte sie mir, daß sie ein wenig Bammel davor verspüre, *sie* könne sich verlieben, der Alexander jedoch nicht, weil sie ihm zu dick sei. Doch der Psychiater, den sie zuvor angerufen hatte, hatte wiederum geraten, es ein wenig nüchterner zu sehen: Es sei ein kleines Glücksroulette, dem sie sich da aussetze ++, - - . + - , - + mehr Möglichkeiten gäbe es nicht.

„Die Chance, daß sich beide verlieben, liegt somit bei sagenhaften 25%!" jubilierte ich den Worten des Gelehrten in Friesenlogik hinterher.

Mittags in Schramberg:
Die Sabine rief: „Tür isch offö! Du glaubsch, Dein Klingeln hört man besser als Dein Singen! Hahaha!" Dies rief die Sabine weil ich, wie meist,

und grad so wie mein Onkel Hartmut, ein frohes Lied auf den Lippen trug.

Die an für sich verhärmt wirkende Sabine mit ihrem unschönen Ausschlag im Gesicht (einer Allergie), lacht zuweilen vergnügt und belustigt auf, so daß die Verhärmung kurz zur Seite gefegt wird.

Jetzt hatte sie soeben Kaffee gekocht, und wer mich kennt weiß, daß ich zu einem Kaffee noch niemals nein gesagt habe.

Am heutigen Feiertag war die ganze Familie endlich mal komplett beisammen. Ihr Sohn Marco sei oben auf seinem Zimmer, und ihr Mann Andreas schwätze mit der Nachbarin.

Ich ließ mich am Tische nieder, und trug eine Frage von der Katharina weiter: Daß die Katharina gerne wüßte, was die Sabine wohl von ihr hielte?

Zu dieser Frage versank die Sabine in ein dumpfes Grübeln und meinte schließlich, sie habe sich etwas geärgert, und dies müsse sie ehrlich sagen! Nämlich darüber, daß die Katharina mich neulich im März in der Konzertpause so unschön angegangen sei.

Die Katharina sei so bös mit mir gewesen, weil sie das Gefühl gehabt hat, ich hätte sie bei meiner Schwabenlandreise überhaupt nicht eingeplant. Grad so, als sei es mir gar kein Herzensbedürfnis gewesen, Zeit mit ihr zu verbringen! erklärte ich.

Und den Zeitpunkt, so fuhr die Sabine fort, den fand sie voll daneben. Ich aber meinte, dies habe mir nichts ausgemacht, und dann erzählte die

Sabine noch, daß sie Katharinas Händchen für die Männer „net so gut fänd´".
Der Italiener jedoch gefiele ihr, weil er die Frauen so formvollendet behandelt.
„Haha!" möchte hier der Eingeweihte nur ausrufen.
Doch dann beendeten wir dies Thema, und sprachen über die vielen Telefonzellen, die nun zu kleinen Büchereien umfunktioniert worden sind, da heutzutage doch wohl ein jeder sein eigenes Händi besäße?
Lachend meinte ich, daß das von der Sabine so beschwärmte Buch von Charles Rosen „Der klassische Stil", das auf dem Tische lag, dort wohl ein Telefonzellenhüter würde?
Doch die Sabine hat es gelesen, etwas daraus gelernt, und es habe ihr auch etwas bedeutet.
Der Klavierunterricht bei Paul Dan* sei etwas oberflächlich, so doch sehr emotional gewesen.

*Unser rumänischer Nachbar in Japan – ein Konzertpianist mit Krönchen, der es später zum Professor gebracht hat. Damals ein enger Spezi Buzens

Der Paul sagte Dinge wie: „Jetzt spielen Sie erstmal – und dann können Sie immer noch interpretieren!"
„Ganz anders der Frosch!"
Hört man den Satz: „Ganz anders der Frosch!" so denkt man zunächst an einen Frosch, und meine Gedanken streiften kurz unseren Froschwaschlappen in Aurich, - den kleinen grünen Frosch, der so rührend schuldbewusst schauen kann.

Doch hinter dem Namen „Frosch" verbarg sich in diesem Falle ein feiner Herr namens Frosch, den auch ich einmal kennenlernen durfte. Es handelte sich dabei um den Vorgänger von Herrn Reimer im Rektoramt.
Und auch ich konnte mit einer alten herbeibeschworenen Erinnerung aufwarten.
Man traf sich in Tübingen im Vorübergehen, und der ehemalige Direktor lüftete den Hut.
„Ich habe den Frosch ge_liebt_!" sagte die Sabine in einer jähen Gefühlsaufwallung.
Zu seinem 80. Geburtstag habe sie ihn noch besucht. Später jedoch wiegelte er weitere Besuche ab. U.a. auch deshalb, weil die Sabine unter Verdacht stand, auf ihn als Mann spitz zu sein. Dies hat die hochsensible Sabine so sehr getroffen, daß sie der Witwe nach dem Ableben des Angebeteten einen langen Brief geschrieben hat. Dann war alles OK, und gestern habe die Sabine die Wittib sogar angerufen um ein herzliches Gespräch zu führen, worüber Selbige sich sehr gefreut habe.

In der Küche begrüßte ich den Marco.
Einen lieben, schüchternen und ganz ungewöhnlich hübschen rothaarigen Jüngling, der etwas jünger wirkt als 17-jährige für gewöhnlich wirken. Er könnte beispielsweise auch als 13-jähriger durchgehen, und wird sicherlich überall noch geduzt, wenn man auch offiziell ab 16 gesiezt werden sollte.

„Darf ich noch „Du" sagen?" frug auch ich.
„Ja, unbedingt!" sagte der Marco ganz erschrocken, da ihm die Erwachsenenwelt fremd ist und Grind bereitet. („Was soll ich da?" denkt er unfroh, „rauchen, trinken und den Puff aufsuchen, oder was??")

„Süß, der Marco!" sagte ich, als wir in der kleinen Übzelle im Keller angekommen waren.
„Finsch du au, gell?"

In der nächsten Pause saßen wir dröge draußen in der Sonne. Der reif werdende Andreas lag auf der Liege, und machte mir ein Kompliment zu meinen schrillen Tennisschuhen, die er im Gang gesehen habe. Er habe bereits gemeint, der Marco habe endlich mal ein Mädchen kennengelernt, und sei schon ganz leis und vorsichtig an dessen Zimmer vorbeigeschlichen.
Wir sprachen über Mord, und ich erzählte von dem sympathischen Herrn aus Weener, der seine Mutter totgeschlagen hat, weil sie ihm schon wieder eine Liebe versaut hatte.
Doch dieser Herr war so sympathisch, daß ihn die Mitgefangenen zum Gefangenensprecher wählten.
Man könnt´ tatsächlich manchmal solche Anwandlungen bekommen, sagte der Andreas, und auch die Sabine wußte zu berichten, daß sie zum ersten Mal im Leben Mordlust verspürt habe: Gegen ihre Schwiemu, die eine Phase in ihrer Demenz durch-

gemacht hatte, in der man rasend aggressiv wird. Die Aggressionen verbreiten sich im ganzen Zimmer und erfassen auch die Umherstehenden.

Nach der Probe verabschiedete ich mich in die schöne Wetterlage hinaus.
Ich befand mich auf der Suche nach einer Bank, um in der freien Natur zu dichten, doch die fand ich erst wieder in Lauterbach an einer von sonntäglichen Spaziergängern sehr frequentierten Stelle.
Teile sonntäglicher Gespräche werden dem Dichter ins Ohr geschwemmt, und fast alle Vorbeiflanierenden sprachen soeben über etwas Finanzielles. Nur eine Seniorin, die sich einen Apfel gemopst hatte, sprach mich auf mein Tagebuch und meine zierliche Schrift an:
„Könnöt Sie dös überhaupt noch lesö?"

Katharinas Auto vor dem Hause war verschwunden, und ich machte mir Gedanken:
Die leicht entflammbare Katharina fängt Feuer, und denkt nimmer an mich. Dann denkt sie aber doch an mich und bekommt Angst, der Alexander könne sich womöglich in <u>mich</u> verlieben, und so schön es auch war, mich da gehabt zu haben, so schnell möchte sie mich auch wieder los sein.
In mattem Prä-Dämmer erklomm ich den Hügel und wartete ungeduldig darauf, daß eine Gestalt mit Hund sich endlich entfernen möge, damit ich Äpfel klauen könne.

Später wälzte ich mich mit etwa fünf geraubten Äpfeln weiter fort, so daß es mir nicht so ganz recht war, als sich eine Frau mit Kindern auf mich zubewegte. Die Frau muffte mir zwar einen unverbindlichen Abendgruß zu, doch in ihren Zügen las man Unzufriedenheit, Häme, Neid, Mißgunst, und eine unverhältnismäßig hohe Bereitschaft eine Feindschaft einzugehen.

Nun war´s schon fast dunkel, und in unmittelbarer Nähe von Katharinas Haus entdeckte ich ein Auto aus Rottweil: RW-AG-154.

„Er heißt also tatsächlich „Alexander Graf"", freute ich mich, daß der Unbekannte in diesem Punkte offenbar tatsächlich die Wahrheit geschrieben hatte. Und auch wenn es sich nur um ein simples kleines Auto handelte, so schaute es im Autoinneren doch sehr schön und ordentlich aus.

Innen im Hause hörte man die Katharina Händels F-Dur Sonate auf der Violine interpretieren, doch die Begleitungsansätze des Herrn auf dem Klavier klangen lachhaft und äußerst unbeholfen, so daß es selbst einem in großzügig freien Tempi streichenden Geiger eine Pein bereiten dürfte, seine Melodien über diese unbeholfenen weit auseinanderstehenden fehlgeklimperten Clusterakkorde zu spannen?

Angeblich habe er in Freiburg Klavier studiert, doch nun klangen seine Bemühungen eher so, als habe er eben mal ein Wochenendseminar besucht, um Noten zu lernen, und die entsprechenden Tasten auf der Klaviatur zuzuordnen.

Eine herbe Enttäuschung, - denn hatte sich die Katharina nicht schon darauf gefreut, einen Partner zu finden, mit dem man auch noch musizieren könnte?

Heute sei der ehemalige Klavierstudent Zeitungsausträger von Beruf.

Er lachte allerdings fröhlich, und ich fand ihn nett.

Leider sprach er sehr langsam auf Rottweiler schwäbisch, doch gelacht hat er in normalem Tempo.

Das Zusammensein war vielleicht ein kleines bißchen mühsam, so jedoch nicht unnett.

Es gab ein Tomatensüppchen, zwei Zwiebelküchen gedreiteilt, und schließlich wurde zu vorgerückter Stund eine Pizza geliefert.

Einmal frug der Herr, ob er Katharinas WC benützen dürfe, und das selten zu hörende Wörtchen WC sprach er aus, als handele es sich um zwei scharfkantige und gefährliche Buchstaben, die man eigentlich nicht in den Mund nehmen sollte.

Dann verschwand er so lange, bis man ihn bereits vergessen hatte.

Unfassbar wäre es natürlich gewesen, *er wäre durchs Fenster in die Nacht hinaus entwichen.*

Doch nein, er war schon noch da.

Als sich der sonderbare Gast zu vorgerückter Stund endlich empfahl, und in der Dunkelheit verschwunden war, zogen wir eine kleine Zwischenbilanz:
Ja, er gefalle ihr, meinte die Katharina, die es sich mit 55 Jahren nun nicht mehr erlauben kann, allzu wählerisch zu sein. Jetzt habe sie allerdings Angst vor einer Absage, wie vom Ralf oder vom Berthold.
Sie zeigte mir zwei nahezu identische SMSs auf dem Smartphon, und die Katharina wiederum hatte den beiden Herren gar *völlig identisch* geantwortet, indem sie das eine Brieflein kopiert, und lediglich einen anderen Namen eingefügt hatte.
„Sorry, du bist eine nette Frau, entsprichst aber nicht dem Typ Frau, der mir vorschwebt." (So schrieben beide. Der einzige Unterschied bestand darin, daß der eine „Sorry", und der andere „leider muß ich Dir mitteilen" geschrieben hatte.)
Und nun befindet sich die Katharina am Beginn einer quälenden Wartestrecke, in der ein Urteil gefällt werden soll.
Um die Zeit bis zur Urteilsverkündung zu überbrücken, spielten wir ein paar Duos von Bartòk: U.a. eines mit dem Titel „Gram".
Ein sehr berührendes und betrübliches Werk, - doch ein überraschendes „Cis" gegen Ende wirkt wie ein kleiner Sonnenstrahl der Hoffnung.
Ein Duo, das ich einst zusammen mit meiner Nachbarin Simone Rinniker zur Verabschiedung

von Herrn Bloser gespielt hatte, und das „Cis" versinnbildlichte damals die Hoffnung auf ein Wiedersehen – und sei es im Jenseits.
Dies alles erzählte ich nun in Erinnerungen badend, doch die frischverliebte Katharina hatte nicht so ganz hingehört, bzw. das Gehörte einfach umgedeutet: Daß wir es zum Heimgang von Herrn Reimer gespielt hätten, und das Cis am Ende etwas Hoffnung ausgedrückt habe, daß Frau Reimer vielleicht bald einen Neuen findet?

Sonntag, 2. November
Lauterberg

Am Morgen Nebel.
Ansonsten ein wunderschöner Herbsttag.
Manchmal leicht zerrieben wirkende
zarte Wolkenfleckerln

Hi und da denke ich daran, daß ich Onkel Dölein in Florida besuchen sollte, doch Florida ist weit. Eine Reise, die einer kleinen Auswanderung gleichkommt – und ist man erst dort, so warten Palmen, traumhafte Sonnenuntergänge, und in sog. „Sneakers" oder Birkenstocksandalen eingetopfte Rentner mit welken Beinen in schweren weißen Ärztesocken auf einen.

Mir gefällt Katharinas lose Art der Lebensführung, und auch das ständige Hin- und Hergewälze ihrer Gedanken. Den Gedanken einer liebeshungrigen fülligen Dame. Und ein bißchen ist es ja tatsächlich so, daß dem Alexander etwas Kostbares anhaftet, so daß man ihn nicht so gern ganz verloren gibt, auch wenn der Katharina beim Gedankenwälzen zuweilen Bedenken kommen, ob man sich da nicht doch etwas aufbürdet, wenn er tatsächlich bei ihr einzöge, und fortan sein Leben mit ihr verbringen würde?

Was geschähe dann mit Antonio und Karsten?

Zunächst besuchte ich die Bäckerei, wo sich sonntagsgemäß eine ganz lange Schlange gebildet hatte.

Ein herannahender Herr laborierte am selben Nasenleiden wie der arme Herr im Knollennasenkiosk von Aurich: Die Nase wird dicker und größer, es bilden sich schuppenartige rosa Hautausstülpungen, und binnen kürzestem schaut ein vielleicht edler Mensch aus wie ein Ungeheuer. Doch lang darf man seine Blicke nicht auf einer derart erbarmungswürdigen Kreatur ruhen lassen. Man wendet sich diskret ab, und denkt noch eine Weile über ihn nach.

Zwei Bäckereifräuleins arbeiteten emsig daran, uns Kunden zufrieden zu stellen.

Früher hasste ich es, im Stau zu stecken, oder aber bei meinen Autofahrten irgendwie in Verzug zu geraten, doch seitdem ich im Auto die schöne Clara-Schumann-CD anzuhören pflege, sehne ich es direkt herbei, mal im Stau stecken zu bleiben, um noch länger lauschen zu dürfen.

Wenig später saßen wir Damen beim Frühstück beieinander.
Eines rumort ja doch sehr in der Katharina:
Die hellseherisch veranlagte Heilpraktikerin Ina habe gesagt: „Das mit dem Alexander dös däät net passe! Da würd nix draus, doch mit dem Lothar, da passt´s!"
Der Lothar ist der vorläufig letzte auf Katharinas Liste, doch wenn sie sein Foto so ansieht, so empfindet sie die selbsterfüllende Prophezeiung von der Ina im Grunde als beleidigend.
Der Lothar kehrt auf übertriebene Art den schnörkellos zünftigen Normalo hervor. Auf dem Foto sieht man ihn am Tische sitzen, den Mund auf bedenksame Art zerknödelt, den Kopf leicht gesenkt, und man wird nicht so recht schlau daraus, was er so denkt?
„Ein ganz normaler Mann ohne Vergangenheitsballast" ← Dies ein Passus aus seinem knapp und lakonisch formulierten Begleitschreiben, der darauf hindeutet, daß er seine verdrießliche Vergangenheit abgeworfen, und nicht vor hat, sich nochmals danach umzudrehen.
(Lothar: „Das Thema ist gegessen!")

Bang wartete die arme Katharina darauf, vom Alexander eine SMS mit der Grundbotschaft zu erhalten, daß er sich nach reiflichem Beratschlagen mit seiner Mutter nun doch *gegen* sie entschieden habe.

Vieles „wundert" die Katharina leicht an diesem sonderbaren Kandidaten, und streut auch noch Salz in ihre keimende Skepsis: Daß er beständig seine Mutter anrufen muß, um zu erörtern, daß er sich zum Abendessen eventuell leicht verspäten würde.

Jetzt erwärmte ich mich plötzlich für den Lothar – wäre der nicht etwas für die Hilde in Stuttgart? Handfest, und mit beiden Beinen im Leben stehend?

Anhand eines Beispiels erläuterte ich, wie es so sei: Ich machte vor, wie der Alexander wohl reagiert, wenn die Katharina drum bittet, eine Sprudelflasche zuzuschrauben?

Zu diesen Worten legte ich den Deckel falschherum mit der Vertiefung nach oben auf die Flaschenöffnung und drehte einmal unbeholfen nach rechts und einmal unbeholfen nach links, und dann machte ich vor, wie zünftig der Lothar das wohl hinbekommt?

Ähnlich verhält es sich beim Geburtstag: Der Alexander steht unbeholfen mit einem leicht verwelkten kleinen Sträußlein da, das man überhaupt nicht brauchen kann. Linkisch preßt er das kleine Geschenk auf die Brust, während er die freie Hand steif und ungelenk zu einer Gratulation ausfährt.

Anders der Lothar. Er ruft aus: „Weib. Kleid di g´scheit o. Mir fahröt über´s Wochöend nach Venedig!"

Ich riet der Katharina, jene SMS, vor der sie sich so sehr fürchtet, selber abzuschicken, denn dann wäre dies leidige Thema vom Tisch, und man könne wieder gescheit durchatmen.

Doch die Katharina benützt die SMS vom Ralf und ändert bloß an einer Stelle „Frau" in „Mann", und „Ralf" in „Katharina".

Befremdet liest der Alexander:

„Du bist eine sehr nette Mann, entsprichst aber nicht meinem Frauenbild. Ich wünsche dir viel Glück bei deiner weiteren Suche. LG Katharina."

Dann riet ich der Katharina, den Alexander ganz konkret auf jene Punkte anzusprechen, die ihr Grind bereiten. Ob er immer so langsam rede und so unbeholfen wirke? Ob er ihr zur Freude vielleicht ein kleines Nachschulungsseminar in der Lebenstüchtigkeit besuchen könne?

Dann wiederum gefiel mir der Gedanke, den Lothar im Zollern-Alb-Kreis zu treffen.

Man duscht hier direkt in der Natur: Das Fenster in der Dusche steht offen, man schaut auf das mit Apfelbäumen gesäumte Feld, in seinen strahlenden Herbstfarben, - und zeigt sich ein Apfeldieb, oder vielleicht nur ein Wandersmann oder Apfeldiebskontrollator, so würde der auf eine völlig entblößte Frau draufschauen.

Um 16 Uhr stand das Konzert in Bad Wildbad auf dem Programm. Eine Stunde vorher wollte ich mich mit der Sabine auf dem Klosterhof treffen, und die Sabine erschien in Begleitung eines leider fast gänzlich verpickelten Jünglings – dem Blätterer. Und wer hätte jetzt gedacht, daß sich dahinter ein pfiffiger und höchst ungewöhnlicher junger Mann verbarg?
Er heißt „Milos" und möchte später Dirigent werden, nachdem er in Leipzig studiert haben würde.

Wir spielten in einem sehr verschachtelt anmutenden weißen Raum, wo fleißige Hände bereits 70 Stühle aufgestellt hatten.
Aus den großen schönen Fenstern wurde einem eine bemerkenswerte Aussicht, hinzu im Glanze der untergehenden Sonne, geboten: Auf den malerischen Innenhof des Klosters, und die hügelartig aufgetürmten Gebirgsringe drumherum.
Begeistert saugt man den schönen Anblick in sich auf, und denkt doch kummervoll an die scheußlichen blauzungenkrankheitsfarbenen giftgraublauen Hochglanzdachziegel in Lauterbach, die die ganze Landschaft verschandeln.

Das Konzert hieß „Im Dialog".

Auf einem Tische standen Getränke und gebutterte Brezeln, und die Sabine hatte Apfelschnitze und Nüsse mitgebracht, und dazugestellt.

Das Publikum traf nur ganz spärlich ein, und einmal sah man den Andreas ganz versunken herumstehen. Später saß er in der ersten Reihe – zuerst links, später rechts und beide Male schaute er wegen seiner dementen und aggressiven Mutti höchst kummervoll aus.

Folgende Werke standen auf dem Programm: Mozarts Sonate in e-moll (zum Tode seiner Mutter componiert), eine erste Romanze von Clara Schumann, Mendelssohns Violinsonate aus dem Jahre 1838* zwei weitere Romanzen, und die Grieg Sonate in F-Dur.

*Ich spielte Noten, die genau 100 Jahre bevor uns der Storch den süßen Buz gebracht hat, niedergeschrieben worden waren

Beim Spiel versetzte ich mich in den versunken, unfrohen Andreas hinein: Als sei man mit Muttis Demenz nicht genug gestraft, muß man nun auch noch mit ihrem baldigen Exitus rech-, oder eben auch NICHT rechnen, da mit der heutigen Medizin ja praktisch alles möglich ist.

Nur gegen Demenz habense noch nichts gefunden.

Zum Schluß sagte ich: „Wir haben noch eine Zugabe vorbereitet: Für einen Herrn, der hier unter uns sitzt: „Für Andreas!""

Später freute sich der Andreas im Rahmen seiner Kümmernisse leicht darüber, und ich dachte, daß die drei Herren im Konzert womöglich alle drei Andreas hießen, da die Schwaben ihre Söhne ganz gern mal „Andreas" nennen. Dies sei handfest und klingt nach etwas.
Und nach dem Konzert sagte die freundliche Kulturdame Frau Seibold in ihren abschließenden Dankesworten, daß sie hoffe, man möge mit seinen Nachbarn in Dialog treten, um denen zu sagen, daß sie ein wunderschönes Konzert verpasst hätten.

Nach dem Konzert besuchte ich noch kurz die Sabine, und bekam ein Stück Lasagne serviert.
Die Sabine telefonierte die ganze Zeit wegen der Schwiemu und ihrem Lebensfortsatz mit der Schwägerin in Sindelfingen, – später mit der Helferin Marietta, die sich Vorwürfe machte, die mit sanften Beschwichtigungsworten hinweggebügelt werden wollten.
Der Andreas als treuer und engagierter Sohn war ins Krankenhaus nach Calw gefahren, und in der Stube breitete sich schwere Dröge und Ratlosigkeit aus.
Man hofft, daß die Omi doch jetzt irgendwann mal heimgeholt wird!? Etwas, was man zwar hoffen, so jedoch nicht laut aussprechen darf, und so hofft es eben jeder für sich allein.

Dann fuhr ich nach Lauterbach zurück, wo allerdings niemand daheim war.
Doch ich durfte mir ja den Schlüssel nehmen, der im Schuppen in einem Schuh versteckt war.
Die Katharina blieb noch sehr lange aushäusig.

Längst hatte ich zuende gedichtet.
Ein Brief Rehleins warf Rätsel auf:
Demnach haben die Dostals Rehlein & Buz ein Kuvert mit 500€ geschenkt, die das dankbare Rehlein dazu zu nutzen gedenkt, den Weg vor der Gartenpforte reparieren zu lassen, da man ja sonst bloß mehr mit hochmorastigen Schuhen zu Besuch kommen könne.
Die eilige Frau Dostal habe das Kuvert ganz eilig vorbeigebracht und gesagt: „Bitte erst in einigen Tagen hineinschauen, und deswegen auf *gar keinen* Fall anrufen!"

Zu später Stund kehrte die Katharina heim, und bereitete uns nach Art einer Mutter Knoblauchhäppchen zu.
Der verstockte Marius saß auch wieder da, und hatte die Konfi-Freizeit mit „3-4" bewertet.
Die Katharina wollte ihn immer dazu bewegen, in leuchtenderen Farben davon zu berichten. Doch dem Jüngling fielen nur Einsilbigkeiten dazu ein.
Aber einmal erfasste ihn der Schalk, und er erzählte vier unglaubliche Dinge, die sich dort zugetragen hätten. (Leider alle vier vergessen.)

Die von der Liebe angesengte Katharina hörte kaum hin. Sie hatte die Ungewissheit nicht mehr ausgehalten, und - während ihr Herz dazu raste, als habe sie eine laut tickende alte Uhr verschluckt, - beim Alexander angerufen, und der Alexander habe schlicht gesagt: Es sei nett gewesen, vorallem auch mit der Roswitha ← (benannte er mich in der verfärbten Erinnerung fehl und hinzu leicht unpassend, wie ich fand.)

Immer wieder fielen der Katharina kleine Details aus dem Telefonat ein: Sie habe ihm erzählt, daß wir beide gestern noch gemeinsam musiziert hätten.
Da hätte er ja gerne zugehört!
Wie er *mir* denn gefallen habe? machte die Katharina in ihrer Erzählung einen jähen Hakenschlag.
„Nett" sagte ich, und nach einer Weile fügte ich noch etwas hinzu: „Er brachte eine etwas steife in Zeitlupentempo gehaltene Altherrenjovialitesse ins Haus!"

Am Abend zeigte sich kurz ein Gast: Der Antonio. Er stak in Badelatschen und einem Trainingsanzug, und war gekommen, um das Schlafsofa so hinzuquetschen, daß es länger würd. Nett schien er mir allemal – der kleine schwarze Teufel, der er ja auch sein kann, schien unter einer Betonschicht verborgen.

Montag, 3. November
Lauterbach – Stuttgart

Grau und windig

Jetlägrig lag ich da, während um mich herum Kaffeetassen schepperten.
Die Katharina schaltete die Deckenbeleuchtung ein, und lärmte solcherart in der Küche, wie einst Franziska W. auf der Bratsche.
„Jetzt weiß ich, wie euch damals zumute war!" sagte ich mit mühsamst herbeigerungener Kraft.
„Ich versteh dich nicht!" rief mir die Katharina zu.
Ich tätigte einen weiteren immensen Kräfteklimmzug, um den Satz mit dem sich auf den ersten Horch gar nichts anfangen ließ, zu repetieren.
Doch der Ausruf war für die Sabine im fernen Schramberg gedacht, die einst in jungen Jahren unter der aufstrebenden Bratscherin lebte, und jeden Morgen durch Gelärme auf der Bratsche wachgebratscht wurde.
„Marius, stehsch du bitte auf!" rief Mutti Katharina mindestens viermal, bis sich der mürrisch Gestimmte schließlich an den Frühstückstisch bequemte.

Später psychologisierte die Katharina darüber, daß sie das Gefühl habe, der Marius liebe sie nicht mehr. Man habe doch aber auch schöne Zeiten miteinander verbracht! Im Pubertätsbuch stünde zu lesen, daß die Jugendlichen sämtliche Stacheln ausfahren, um sich von den Eltern zu lösen.

Man sieht's zwar nicht, doch man fühlt es.

Für mich als Unbezwickerte verunschärft, bewegte sich der Marius mit seinem Ränzel auf die Haustüre zu, und es hieß ja, wenn er wieder heimkehrt, so sei ich über alle Berge verschwunden. So blieb er kurz auf halber Höh' stehen, und auf unscharfe Weise konnte ich sehen, wie er auf seine verstockte Art hoffte, der Abschied wäre mit einem linkischen Gewinke abgegolten.

Dann schimpfte und polterte die Katharina noch ein bißchen, weil er sein Ränzl schon wieder so prall gefüllt hatte, daß es, schwer wie mit Wackersteinen beladen, nur mit Mühe geschultert werden konnte, hinzu tief ins Fleisch schnitt, und die Wirbelsäule zu deformieren drohte.

Allmorgendlich läuft der Marius mißmutig durch den frisch angetauten Tag zur Bushaltestelle, wo ihn der Bus sodann in jenes schöne Gymnasium mit dem musischen Zweig bringt, das alle so lieben. Seit Jahrhunderten wird hier eine feinere, gehobene Schicht an Heranwachsenden ausgebildet.

Allerdings hatte der Milos gestern erzählt, daß sich der Direktor verändert habe: Streng und unzugänglich sei er geworden. Die Schüler hatten den dicken Po einer Lehrerin fotografiert und in primitiver Mobblust im Weltgeschehen herumgesendet. Der Frevel wurde entdeckt, alles wurde strengstens verfolgt, und vereinzelte Schüler flogen von dieser doch so überaus beliebten Schule mit den vorwiegend feinen und guten Kindern, von denen man hofft, daß sie den Marius in seiner bedenklichen Entwicklung ein Vorbild sein, und ihn nochmals auf den rechten Weg bringen könnten.

Katharina und ich plauderten auf lose Weise am Frühstückstisch, und ich erfuhr folgendes:
Die Agnes hatte sich so lieb erboten, den Marius am Nachmittag von der Schule abzuholen, zu bekochen und für ihn da zu sein – doch der Marius will das nicht. Er fühlt sich kontaktgesättigt und wirft der Katharina hinzu mürrisch vor, ihm die Herbstvakanz versaut zu haben.
„Du kannst dich nicht vor allem drücken!" verteidigte Mutti Katharina diesen Schritt vor sich und der Welt scharf, und dabei hat sie's doch nur für sich getan, indem sie ihn einfach in die Konfifreizeit geschickt hat, um ihre Ruhe vor ihm zu haben.
Nach einer Weile kam, mitten in ein verbindendes Gespräch über den Alexander, völlig überraschend die bildhübsche junge portugiesische Putzfrau Martha, mit ihren zwar strahlend gesunden, so doch merkwürdig ungeordnet, fast verrumpelnd dastehenden Zähnen, und dem glänzenden schwarzen Haar.

Die Martha ist nicht einfach nur eine Reinmachefee, sondern darüber hinaus auch eine ganz fleißige kleine tüchtige Frau vor der man nur tief den Hut ziehen sollte. Sie hat ein kleines Töchterlein namens Yara, das sie nun auf dem Smartphon aufleuchten ließ: *am 12.5.12, und die kleine Yara kann schon deutsch und portugiesisch, und bringt die beiden Sprachen niemals durcheinander!
Zwei freche Stieftöchter hat die Martha auch (7 und 10 Jahre alt), und mit denen müsse sie heut zum Zahnarzt. Die Martha arbeitet im Altersheim, läßt sich allerdings nebenher zur Krankenschwester ausbilden.

Der Vater vom Milos sei ein erstklassiger Osteopath. Ein Herr namens Jürgen, und zu dem strebte die Katharina heut.
Ich selber saß die ganze Zeit am Läptop und schrieb Briefe. Mehrere Leute hatten mich in Schreibschwung versetzt: Frauke, Sabine – aber am schlimmsten war´s wohl mit der Nicole, einer Dame, die von ihrem Mann, einem Professoren, grundlos verlassen worden war.
Und nun analysierte ich ihr in meinem Briefe den Professor. Kunstvoll und passend, wie ich fand.
„Das *darf* doch nicht wahr sein??-Häää!"← (hätte eine normale verlassene Professorengattin da wohl gedacht?)

Aber vielleicht wundert sich die Nicole ja inzwischen selber, wie sie bloß so lange im Banne des Professors stehen konnte, und ihre eigentliche Persönlichkeit, die doch allen so gefallen hatte, zu Gunsten einer schlichten Professorengattinnenpersönlichkeit so lange in der Besenkammer abgestellt hatte?

Bald schon kehrte die Katharina vom Osteopathen zurück.
Wir Freundinnen umarmten uns innig.
Man umarmt einen schönen weichen Fleischberg von dem man regelrecht umschlungen wird, und der Ralf weiß gar nicht, was ihm da entgangen ist.
Gestern abend waren auf dem Fernsehbildschirm ein paar Blödchen aufgetaucht, und jedesmal rief ich: „*Das* ist der Frauentypus vom Ralf!"
Doch die wiederum dürften sich so sperrig umarmen wie der, einer Wirbelsäule nachempfundene spitzkantige CD-Ständer, der bei denen so herumsteht. Spitz und knochig.

So ganz im Klaren darüber, wo ich nun hinstrebte, war ich mir nicht, und so besuchte ich nochmals den Apfelbaum neben der Sitzbank, und erntete so viele rotbackige Äpfel wie ich nur tragen konnte.
Dann fuhr ich durch Gräue nach Simmozheim, um meine großmütterliche Freundin Hannelore zu besuchen.

Leider hatte ich von der Katharina gehört, daß die Hannelore nun doch damit angefangen habe, ein kleines bißchen alt zu werden.

Zwiefach schellte ich an ihrer Türe, ohne eine Resonanz zu erhalten, doch in der Garage stand der schicke Wagen CW-HR 88, und in meiner Ratlosigkeit lief ich schließlich in den Garten hinab. Und tatsächlich: Da schimmerte eine Gestalt. Die Hannelore in einem himbeerfarbenen Pulli und ihrem unnachahmlich entzückenden Lächeln – bezaubernd wie eh und je.

„Ich habe zwei plus zwei zusammengezählt!" sagte ich auf Mingesart über meinen gedanklichen Winkelzug, im Garten nach ihr gestöbert, und sie auch gefunden zu haben.

„Darf ich dich zum Mittagessen einladen?" frug die Hannelore herzlich, doch wir hatten ja eben erst gefrühstückt, und so einigten wir uns schließlich auf einen Espresso, der in winzigen Puppentassen serviert wurde, und dazu saßen wir im großen Zimmer, und ich schaute in die herbe, tiefgraue – man möchte fast sagen „reife" Wetterlage hinaus.

Wir sprachen über Sabines Schwiemu, mit welcher die rüstige Hannelore im vergangenen Sommer noch gemeinsam einen Seniorinnen-Urlaub verbracht hat, und auch wenn man damals schon bemerkt hatte, daß sich eine leichte Orientierungsschwäche breitmachte, so war's doch schön mit ihr! sagte die positive und lebensbejahende Hannelore warm, und schwärmte vom Bodensee.

Man jammert über die Wetterlage, - am Bodensse jedoch sei´s herrlich, und die Hannelore schwimmt doch für ihr Leben gern! Trotz der aufgetürmten Jahre auf dem Buckel sei sie noch immer eine begeisterte Wasserratte. Kein Tümpel sei vor ihr sicher!
Schließlich verabschiedete ich mich.

Die Hilde am Telefon hörte sich seltsam fremd und verdrossen an. Es hieß, das Alyalein habe sich einen Magen-Darm-Virus eingefangen.
In Stuttgart:
Als ich mich gegenüber der Tiefgarage in eine Parklücke gezwängt hatte, sah ich die Hilde von hinten, wie sie auf ihr Haus zuschritt.
„Hilde!" versuchte ich die Gestalt zum Umbog zu bewegen, doch meine Stimme war zu schwach und die Entfernung zu groß.

Ich hatte geschellt, und auch wenn ich den Finger ganz leis, zag und verschämt aufgesetzt hab, hatte der Schrill die Mittagsruh zerrissen, und das kränkelnde Alyalein aus dem Bett geschellt. Später erfuhr ich dann allerdings, daß das Alyalein jeden Montag krank sei.
Die Hilde trägt neuerdings einen Zwicker auf der Nas, der ihr etwas lehrerinnenhaft Strenges verleiht.
Wir machten einen sehr atmosphärischen Spaziergang durch Dämmer und Herbstlaub im Bären-

wäldle. Manchmal mußte ich daran denken, daß ich morgen 52 Jahre alt werde, – laut Frauke begänne nun das „Matronenalter".

Ich wärmte die alte Erinnerung auf, wie wir in jungen Jahren auf gut Glück Pilze gesammelt und gegessen hatten. Wäre man damals gestorben, so würde heut womöglich nur noch ganz hi und da die Rede auf uns geschwenkt, und Herr Reimer wäre vielleicht noch am Leben, denn wenn er mich nicht kennengelernt hätte, so wäre vieles auf seinem Lebenswege gänzlich anders verlaufen?

Wir setzten uns auf eine Bank am Bärenschlössle.

Alles in allem scheint die Hilde etwas streng und ernst geworden. Ihr Diwanzuzzler Buz lebt zwar noch, doch die Gefühle sind mittlerweile *scheinbar* eingeschnurrt, um einer gewissen Verbitterung Platz zu machen.

Wir liefen wieder in den Wald zurück, und hi und da sah man einen silbrig glänzenden Lichtkegel wie in Amerika – befestigt am Stirnband eines unbekannten Jemanden, dem es den Weg weisen und erhellen sollte, und hierzu erzählte ich, wie Buz sich gerne schrille Kabarettsendungen anschaut.

Zum Onkel Dölein, der auf Besuch gekommen war, sagte er: „Du lachst dich schief!" Doch Onkel Dölein saß nur in der Eckbank, lachte kein einziges Mal, und hoffte, daß die schrille Sendung irgendwann mal vorbei wäre.

Buz sei in einem Alter angelangt, wo er kein Gespür mehr dafür habe, was andere wohl interessieren könne?

„Wenn er es denn je gehabt hat!" lachte die Hilde leicht bitter.

Wir liefen schweigend weiter – und ich fand es unverschämt, Buzen sein feines Gespür für die Interessen anderer einfach abzusprechen.

Doch die Hilde rückte von diesem Thema bewusst wieder ab, und erzählte anderes aus ihrem Alltag:

Der Yussuf hat in Hildes Leben allenfalls noch den Status eines Untermieters. Doch in den Weihnachtsferien geht´s bei denen rund: Man fährt mit der Hedi und ihren Kindern in die Berge, und habe vor, eine ganze Woche lang zu sechst in einem Zimmer zu nächtigen.

Doch dies waren nur Plappereien ohne nennenswerten Tiefgang.

Hildes Zorn auf Buzen schwelt immer weiter, und möchte doch in das Bestreben hineinmünden, diesen überflüssigen Gedankenballast einfach über Bord zu werfen.

„Hü!" machte sie eine häßliche Wegwerfgeste.

Dazu lächelte sie zwar dünn, doch unter dem Lächeln verbarg sich eine gewollte Verachtung.

Wir hatten uns dem bergenden Walde entschält.

„Seniorenresidenz Vogelsang" las man in Leuchtlettern in der Nacht.

Doch unter der gewaltsam herbeibeschworenen Verachtung lodern die einbetonierten Worte:

„Wolfram König ist der einzige Mann, den ich jemals geliebt habe!"

Daheim schauten wir uns ein Pröppivideo an, das der süße Ming geschickt hatte.
Das Julchen beschmuste die wendige Kleine und bezwackte ihre Frisur mit einer zierenden Haarspange.
„Mein kleiner Liebling!" sagte ich liebevoll.
Das Julchen lächelte uns an, und auf ihrer Stirn haben sich erste zarte Runzeln gebildet.
Ganz plötzlich ist das Julchen alt geworden.
„Ming steht ja nur auf Frauen bis allerhöchstens 32!" hatte ich die Hilde wissen lassen.

Kurz vor Mitternacht, als alle bereits im Bette lagen, tönte mein Händi unverhältnismäßig laut auf. Der süße Ming hatte an mich gedacht.
Ming wollte mich noch ein letztes mal im Leben als 51-jährige sprechen, und tatsächlich mündete das Gespräch dann in die Jubelgesänge zum neuen Lebensjahr.
Man wird in einem neuen Kapitel im Leben willkommen geheißen, doch irgendwie fühlt sich der Lebensfaden unverändert an.

Dienstag, 4. November
Stuttgart – Rottweil

Grau.
Mittags eine leicht antroposophisch getönte Wetterverbesserung mit Sonneneinstrahlung

Ich nächtigte auf der Matratze in der Wohnstube, und noch vor dem Bettgang hatte die Hilde die ausgeleierte Buchstabenkette mit der trüben Aufschrift „Happy birthday to you!" aufgehängt. Man schläft in seinen Geburtstag hinein, der allerdings für andere in einen alltäglichen, arbeitsbefüllten Morgen hineinmündet.
Zu solch früher Morgenstund saß bereits der Yussuf, der ein hübscher junger Mann geworden ist, am Frühstückstisch und frühstückte.
„Du kannst mich jetzt bis auf weiteres krank schreiben!" scherzte der Yussuf seine Mutti in frischem Humohre* an, aber dies war nicht ganz ernst gemeint, denn der gesellig veranlagte Yussuf freut sich doch auf seine Kumpels in der Schule. Er griff sich seine Jausentupperware, legte ein paar Apfelschnitze zu den Brothälften, und knappste sie zu.

*Dies schreibe ich mit „h", weil der Yussuf ein halber Mohr ist

Zweimal sagte er „tschüss", da er sich in all den Jahren vergebens, und mittlerweile wohl auch nur

noch unbewusst nach einer mütterlichen Umarmung oder einem Küßchen sehnte, mit dem sich der Tagesbeginn zart versüßen ließe. Doch da kann er lange warten, denn Hildes Küsse und Umarmungen sind allesamt für andere reserviert.
Die Tür fiel ins Schloß, die Schritte verhallten und ich sprach die Hilde darauf an: Sie solle ihm doch mal einen Kuß geben! Vielleicht wischt er ihn ja entrüstet wieder ab, dies jedoch bloß, um seine Rührung zu verbergen.
Allerdings nicht morgen. Sie solle mindestens sieben Tage verstreichen lassen, denn sonst wär´s wohl gar zu offensichtlich, daß die Kika ihr ins Gewissen geredet habe.

Das Alyalein hatte eine Fleischwunde am Bein. Es handelte sich nur um eine kleine rosa Wunde, doch diese hatte sie sich dick und weiß einbandagiert, und kehrte darüber hinaus sehr die Leidende hervor, wenn auch manchmal mit einem gequälten Lächeln, das dem herzlichen Humor in dieser Familie geschuldet war.
Doch öffnete Mutti Hilde die Türe zu Alyas Gemach, so saß da ein leidendes und schmollendes Kind. Dem wirkte ich ein wenig entgegen, indem ich selber mit einer Schmollmiene das Zimmer betrat. Und davon lächelte das Alyalein nun auch wieder.
Ein pädagogischer Trick Rehleins:

Schreit ein kleines Kind laut und wüst, so solle man selber noch lauter und wüster schreien – dann hört´s auf.

Wir frühstückten, und die Hilde erzählte von einem rabiaten Kleinkind, das gestern mitten auf der Bebelstraße einen Tobsuchtsanfall erlitt. Es trat, schrie und biss, und die Hilde hatte schon gemeint, sie müsse da einschreiten!

Dann wurde die Rede auf die Frauke geschwenkt.

Ich erzählte von dem leisen Unterton in ihren Briefen: Dem Bestreben, einen von Wolke sieben herabzuholen, und darauf hinzuweisen, daß man weltfern in einem Wolkenkuckucksheim lebe.

„Was tut denn die Frauke so lebensnahes?" wollte die Hilde wissen.

„Die Frauke betreibt Ahnenforschung!" sagte ich geheimnisvoll.

Heut hatte mir die Frauke nämlich einen langen Geburtstagsbrief geschrieben. Sonnigen Gemüts ließ sie sich über den Exitus von Herrn Reimer aus: Daß er kurz vor seinem Tode noch auf Sizilien war, läßt auf einen gnädigen Tod schließen, und das Wörtchen „gnädig" von Fraukes Lippen bzw. Fingerspitzen niedergetippt hatte einen seltsam versnobten Beiklang, und beinhaltete hinzu die Botschaft, daß die Frauke als ehem. Krankenschwester „ganz andere" Abgänge vom Leben erlebt habe.

Später promenierten Hilde und ich durch Stuttgart. Vorbei an jenem alten Stadthaus, in welchem die

betagte Geigenprofessorin Frau Prof. Pahl lebt. (Eine uralte Kollegin Buzens, die vom Tode vergessen worden war.)
Vor diesem Hause hatte der Malermeister, Herr Lehne, ein freundlicher Herr mit einem Lächeln, und einem wie gestrichen wirkenden weißen T-Hemd seine Dienste angeboten: Auf einem Zettel mit abknapsbaren Papierfrackschößen auf denen er seine Mobiltelefonnummer notiert hatte, und der an einem Laternenpfahl befestigt war, empfahl er sich mit schönen Worten zum Streichen, und unter der Fotografie stand seine Mobilnummer ebenfalls und hinzu etwas größer zu lesen. *Einen* Papierfrackschoß knapste ich für die Katharina ab, und steckte ihn in die Tasche.
„Ich rufe auf Ihre Bekanntschaftsanzeige an!"
Doch der Malermeister Lehne hat bereits eine Frau und sieben Kinder und sucht ganz gewiss koi „Bekanntschaft".
Diese Stelle von Stuttgart, die wir da leicht dröge entlangschlenderten, war nicht so besonders schön, und die Wetterlage war es ebenso wenig.
„Ich möchte bloß wissen, warum die Alya immer dicker wird?" sagte die Hilde unvermittelt.
Ihre Beine würden so massig, und hatte sie dereinst als Siebenjährige nicht so eine wunderhübsche Ballettfigur gehabt, die zu den schönsten Träumen bzgl. Künf'jem Anlass gab?

Heute war das Alyalein allerdings sehr anhänglich. Im Treppenhaus rannte die Kränkliche die Stiegen herab, um sich in Mutti Hildes Arme zu schmiegen. Vor der Haustür standen die riesigen Tennisschuhe vom Yussuf, die er allerdings parfümiert hatte, da er leider ständig, und wie ich finde, übertrieben und kränkend, wegen seiner Schweißfüße verhöhnt und bespöttelt wird.

Der Omar, Hildes Ex – ein Herr aus dem Senegal, habe mittlerweile einen Job in Esslingen, erfuhr ich, während wir uns wieder in der Wohnung installierten.
Seine neuen Töchter werden vollautoritär erzogen, auf daß sie so werden, wie ER es will.
Sie sind immer sehr geschmückt und hübsch zurechtgemacht, und tragen possierliche kleine Lackschühchen mit denen man eigentlich gar nicht so richtig gut laufen kann.
Unlängst wartete der Omar zwei Stunden lang mit denen im Wartezimmer beim Kinderarzt, wie die Hilde von einer anderen Mutti erfahren hatte, und dort lagen nur zwei Kinderbücher herum: „Leben auf dem Bauernhof", und „Wo kommen die kleinen Kinder her?" Letzteres hat der Omar ganz schnell weggenommen, und so lag nur noch Eines da.
Hildes Dienstage sind meist prall verrumpelt mit lästigen Tätigkeiten die zu nichts führen, - mit wenigen ultrakurzen Pausen als überschaubaren

Luftbläschen in einem dichtgewobenen stressigen Tage.

Ich verabschiedete mich, und im Bestreben meine Freunde, die Rabers, zu besuchen, fuhr ich Richtung Hochemmingen.

Jahrelang hatten wir im gleichen Mietshaus in Trossingen, als „die Hand zum Gruße winkelnde" flüchtige Bekannte gelebt. Viele Jahre später traf man sich eines Tages in freier Wildbahn in Bayern, und befreundete sich augenblicklich tief!

Ein Phänomen, das öfters beobachtet wird, wenn man einem flüchtigen Bekannten an überraschender Stelle begegnet. Etwas das man vielleicht provozieren sollte, um neue Freunde zu finden?

Man hört, wie Herr Manz in Grebenstein, der Edith über den Zaun zuruft, daß man nächste Woche zur Messe nach Frankfurt führe – dann fährt man geschwinde auch dorthin, und läuft sich durch einen übergroßen Zufall direkt über den Weg! „Auf diese Überraschung hin sollte man sich nun ein gemeinsames Bier gönnen, um zum „Du" hinüberzuschwenken!" so könne man ausrufen, und schon ist der Keim für eine lebenslange Freundschaft gelegt.

Ich fuhr in jene kleine Siedlung, wo die Rabers leben, und hatte etwas Müh, das Haus „Im Riedäcker" zu finden. Dann aber fand ich es doch, und wurde von der zwar kurzwüchsigen, so jedoch hocheleganten Deok-Suk begrüßt. Die Deok-Suk, zwar sehr nett, hat leider eine leicht sägend oder gar schneidene Stimme. Ihr Deutsch hat sich nicht weiter verbessert, aber in ihrer Stimme und dem schlechten Deutsch redete sie ganz schnell, um kleine grammatische Unebenheiten zu überhuschen. Und nun zeigte sich auch der erfreute Hausherr Johannes, der soeben am Renovieren war.

Die Geige solle ich unbedingt mit ins Haus bringen, denn bei denen sei unlängst eingebrochen worden. Die ganze Musikanlage und die E-Gitarren wurden geraubt. Einer der rumänischen Diebe sei beim Klettern durch das Kellerfenster gar ungeschickt auf eine Gitarre draufgesprungen! Später, im Sitzeck, sagte der Johannes so rührend nett, er hoffe, der Dieb habe sich dabei nicht wehgetan?!

Die Deok-Suk kochte eine Lorke, so wie ich sie mir gewünscht hatte, und als ich mal kurz im Häusl abgängig war, sah ich erfreut, daß es in eine richtige Illustrierten-Leseecke umgewandelt worden war, so daß man sich gar nicht mehr so gern hinwegbewegt. Mehr als einmal schon verschwand ein Gast im Klo, und kehrte nicht wieder.

„Was hättet ihr jetzt bloß gemacht, wenn ich mich festgelesen hätte?" scherzte ich lose, denn schon hatten mich die Rabers lose gestimmt.

Ich schwenkte die Rede gleich auf die kleine Isabella, von der es ja heißt, sie spiele Geige wie eine Göttin! Tatsächlich waren beide Kinder der

Rabers daheim, und so nach und nach lösten sie sich vom Treppenhaus herab.
Die 13-jährige Isabella ist so bezaubernd!
Eine kleine Märchenfee mit einem entzückenden Lächeln.
Leider wurde ihr göttliches Violinspiel von der neuen Lehrerin, Frau Lott, ersteinmal auf Eis gelegt, da sie ihre Technik verbessern müsse.
Plausibel habe die junge und engagierte Geigenlehrerin den Eltern klar gemacht, daß die Isabella bei ihrer vormaligen Lehrerin etwas Falsches gelernt habe, und bei dieser Art Technik niemals über das Bruch-Konzert hinauskommen würde oder täte.
Auch hier, in der gemütlichen Sitzgruppe, erzählte ich vom Exitus von Deok-Suks Schwiegerlehrer Herrn Reimer.
Die Deok-Suk habe letztes Jahr, wie allweihnachtlich einen Brief mit Fotos der Kinder hingeschickt.
Dieser sei jedoch mit dem Stempel „unzustellbar" versehen zurückgekommen!
Eine reine Schikane des mißgünstigen Postbeamten, der den Reimers ihren riesigen, unnatürlich großen Bauernhof mißgönnt, zumal es „Zugereiste" sind.
Da habe die Deok-Suk gedacht: „Entweder geschieden oder gestorben!" Sie mit ihrem Hang zur Mutmaßelei dachte gar *Frau* Reimer sei gestorben.

Auch wenn die Isabella geigenlehrerverordnet z.Zt. keine Werke spielen soll, um die technische Umgestaltung nicht zu gefährden, spielten wir ja heimlich doch das Doppelkonzert von Bach, und Mutti Deok-Suk begleitete uns auf dem Klavier.
Der 15-jährige Jan-Minou wolle Schriftsteller werden, so erfuhr ich, und demgemäß saß er in seinem Zimmer und arbeitete an einem Roman.
Es war dunkel geworden. Der Johannes hatte so nett vorgeschlagen, daß man die verstorben geglaubte Frau Reimer doch einfach mal besuchen könne?!
„Wir rufen an, und besuchen sie. Gleich morgen!" rief er freudig und voll Schwung aus.
Ich fuhr durch Nachtesschwärze ins 31 km entfernte Rottweil.
Durch das hohe Fenster der Villa sah man Vati Hubert für seine Lieben kochen, und als ich nach der Klingel Ausschau hielt, öffnete sich die Tür.
Der Hubert pfiff den Geburtstagssong, und dann eilte gleich die Ute herbei, und begrüßte mich so unerhört herzlich, wie es eben nur die Ute kann!
Am Lago Maggiore war es vielleicht nicht ganz so toll, wie man sich das erhofft hatte? Die Ute bekam Kopfschmerzen, und die andere Petra quasselte sie ohne Punkt & Komma voll.
Der Hubert sagte: „Es war genau so, wie ich mir das vorgestellt habe: daß Du Kopfweh bekommsch!"

Die ganze Zeit agierte der Hubert als veganer Meisterkoch.

Alsbald zeigte sich die Rosalie mit ihrer Satansbrautfrisur und einem knappen Eislaufröckchen. (Ich später auf Art von Omi Ella: „Hat denn das Mädchen keinen Freund?")

An der Feli mußte soo lange herumgerufen werden, bis sie sich endlich aus Pedros Zimmer herbei löste.

Die Feli trägt eine Kurzhaarfrisur, in welcher sie wie ein übermütiger und lustiger Bub ausschaut, und scheint äußerst leicht zu erheitern. Sie lacht sogar über Witze, die noch nicht einmal zuende erzählt sind, und somit noch nicht einmal zum zünden gebracht wurden.

Launig und unter freudigem Gejohle erzählte der Hubert von seinem Lehrling, der ganz ungeschickt und unbeholfen sei. Wir lachten laut und geradezu übertrieben, da es immer so besonders schön ist, wenn sich das Familienoberhaupt in guter Stimmung befindet. Doch mitten in diesem Frohsinn empfand er es als leicht kränkend, daß die Ute eine dahingehende Bemerkung machte, daß „noch andere da seien", als er sich Salat nahm.

Die Feli erzählte auf ihre unkomplizierte Art von ihrem Besuch in Pedros Zimmer:

„Wir mußten einiges klarstellen: Z.B. wie wir unsere weitere Zukunft gestalten.." Alle horchten interessiert auf, und richteten je einen fragenden Blick auf die Erzählende:

„Weniger Geige üben – mehr spazieren gehen!" erklärte die Feli.

„Ach soooo!" Die kollektive Spannung verpuffte.

Gut gelaunt verabreichte Vati Hubert der Feli eine Kopfnuss.

„Unsere Große!" sagte er.

Später nahm ich mich Felis Violinkünsten an, denn in einer Woche muß die Feli das Violinkonzert von Mendelssohn spielen.

Die fröhliche Feli umarmt einen immer so herzlich, aber als sie die Ute auch zur Nacht umarmte, da sagte die Ute fragend: „Auf einmal sagst du mir gute Nacht?? Das sind ja ganz neue Töne??"

Pedro und Feli machten einen Nachtspaziergang, kehrten allerdings bald zurück, und ich scherzte, daß ich ihnen hinterhergelaufen sei, und gehört haben will, wie der Pedro gesagt hat: „Ich will dich nicht heiraten. Jetzt nicht, und auch nicht nächstes Jahr – schlicht und ergreifend GAR NICHT!"

Und statt in ihr Zimmer zu rennen und sich heulend aufs Bett zu werfen, lachte die Feli laut und erheitert zu dieser Geschichte.

„Dann erzählen wir uns beim nächsten Mal eben wieder Gespenstergeschichten!" sagte die unbekümmerte Feli.

Mittwoch, 5. November
Rottweil

Ein Huulwetter.
Es regnete den ganzen Tag. Kalt!
Gestern konnte ich noch im Freien
an einem Picknicktisch ins Tagebuch schreiben.
Etwas, das heut undenkbar gewesen wäre

Schwere Regentropfen kündeten von einem grauen Nieseltag, und kalt ist´s hinzu auch noch geworden.
Ein Tag, von dem ich später meinte, daß man ihn am liebsten direkt aus dem Kalender eliminieren würde.
Immer wieder muß ich mir sagen, daß ein Nilpferd in meinem Alter bereits im Gnadenalter angelangt ist, um mich froh zu fühlen.
Die Stimmung im Hause schien mir nicht so besonders.
„Feeli!" rief Vati Hubert, den man ja vielleicht als ruhenden Pol der Familie bezeichnen darf, multipel doch vergebens.
Unten hörte man die Feli zu ihrer Mutti sagen: „..und halt dich da raus!" Auch die Ute klang familienbedingt leider knatschig.
„Uttääää!" hörte man den Pedro rufen. Fordernd auf Art eines Jemanden, der sich aufdringlich in

den Mittelpunkt drängt, und stellvertretend für die fleißige Ute fiel mir dies auf die Nerven.

Zwar sieht´s jetzt nach außen hin so aus, als habe man *drei* Kinder – endlich den heiß ersehnten Sohn – doch den hat man ja letztendlich weder gezeugt, noch an seinem Busen genährt, so daß er die Feli schon heiraten und für ein paar Enkel sorgen müßte, bevor man ihm einen echten Sohnesplatz in seinem Herzen einräumen möchte.

Ich trat ins Wohnzimmer, und die Ute zeigte ein gequältes Lächeln, da ja schon wieder die altbekannten Kopfschmerzen anzupochen drohten.

Die Töchter, kaum erwacht und tagesgesattelt, mußten auch schon in die Schule aufbrechen.

Ich warf die These auf, daß man sich nach einer so vorzeitig abgewürgten Nacht doch den ganzen Tag wie eine Frühgeburt fühlen müsse?

Die Feli lacht immer so belustigt zu allem was man so sagt, und manchmal lacht sie sogar schon, bevor der Satz überhaupt anhebt, und böse Zungen könnten annehmen, das junge Ding habe den Ernst des Lebens wohl noch in keinster Weise erfasst? ←(wie ich nun scherzte – und auch darüber lachte die leicht erheiterbare Feli.)

Und so, wie der Onkel Hartmut eine Schwäche für kühle Frauen habe, so habe *ich* eine Schwäche für Leute, die leicht zu erheitern sind.

Ute und ich setzten uns zum Tee nieder, und sprachen über jene Postkarte, die Utes Mutti einmal nach Trossingen geschickt hatte:

> *Sei auf das Schlimmste gefasst!*
> *Hoffe das Beste,*
> *und nimm es wie es kommt!*

„Das ist so *typisch* für meine Mutter!" hatte die Ute damals ausgerufen.
Doch daran wolle ich mich nun halten.
Wenn ich nach Hause komme, so bin ich darauf gefaßt, daß alle ermordet in ihrem Blute liegen, - ich **hoffe** jedoch, daß alle gesund und total glücklich sind, und dann nehme ich es, wie es kommt.
Nach einer Weile setzte sich der Pedro zu uns an den Tisch.
Er nahm ein Brot zur Hand und frug nach einer 1,5% Magermilch, an die niemand gedacht hatte.
„Da muß man die fettige Bio-Milch eben eine Weile in den Regen stellen!" spaßte ich, und der Pedro sagte, wenn er die normale Milch tränk, so hätte er den ganzen Tag Bauchweh. Dann entfernte er sich bald, und die Ute erzählte mir, daß der Pedro viel lieber alleine leben würde, da es bei denen viel zu viele Regeln, und hinzu kein Internet gibt.
So, wie andere sich einen Haushund zulegen, an den man sich erst mühevoll gewöhnen muß, so hat sich diese Familie eben einen jungen HausHERRN zugelegt?

Im „Schwarzwälder Boten" las ich einen Nachruf auf Herrn Reimer.

Geschrieben in höchsten Tönen von Frau Hummels, die Herrn Reimer doch gar nicht leiden konnte*,

*nachdem er ihr einmal blöd kam, als sie „die Geschichte vom Soldaten" des Dichters Charles-Ferdinand Ramuz nicht nur fehlinszeniert, sondern einfach völlig umgeschrieben hatte? Im Programmheft las der entgeisterte Theaterbesucher: „Die Originalfassung von Ramuz überzeugt mich nicht."
Und die schülerhaft eitle Neufassung, einer sich wichtig dünkenden arroganten Dame, die das geniale Werk gar nicht verstanden zu haben schien, schlug dem Faß den Boden aus!
Dies führte in den späten Achzigern zu einem unbeschreiblichen Skandal:
Herr Scherließ, der auch international höchst angesehene Musikwissenschaftler und Geschichtsprofessor warnte gar vor der Gefahr, sie könne auch noch Shakespeares Sommernachtstraum und Goethes Faust umschreiben, wenn man sie nicht bremse – und Herr Reimer tutete ins gleiche Horn!

Doch einen verstorbenen Nichtleidengekonntwerdenden besingt man ja wohl noch mal so gern? Ich sezierte den z.T. pluralistisch verfassten Text, worüber sich der Opa mit seinem feinen Sprachgefühl grausend geschüttelt hätte. („Der Umzug aus Bremen, und das Leben im Schwarzwald waren eine große Umstellung…")← so etwa schriebse, und die rührende Ute lachte erheitert.

„Dummheit und Geistlosigkeit duldete er nicht!" stand da arrogant, und ich frug mich, warum sie nicht gleich schreibt: „Dummheit und Geistlosigkeit duldeten er nicht!" weil dies doch zwei Dinge sind? (um dem Neuschwachhochdeutschen, dessen sich viele bedienen, noch einen kleinen Schubbs zu geben?)

Und dabei war er doch selber kein Ausbund an Klugheit oder Geistesfülle ← doch dies *dachte* ich bloß, und kann nur hoffen, daß er die gedanklichen Schmähungen von seiner neuen Dimension aus mitbekommen hat.

Ich las weiter und erfuhr Folgendes:

Er schlug einen Ruf aus Berlin aus.

"Als Pförtner?" spöttelte ich, zumal ich mir nicht so recht vorstellen konnte, wie *er* als gescheiterter Geiger wohl einen Ruf aus Berlin erhalten haben will?

Höchstens vielleicht von irgendeinem Hasch-Bruder: „Mensch Jürgen, komm doch mal nach Berlin! Hier gibt´s ne geile Szene!"

Ich erfuhr, daß Frau Hummels immer so emsig ist, und bis tief in die Nacht zu arbeiten pflegt. Die kleine Meret, die ihr bei der Arbeit sehr im Wege ist, schläft dann irgendwo auf dem Teppich oder dem Sofa ein.

Ich erzählte die traurige Geschichte von dem einsamen alten Elefanten in Nürnberg, der eine kleine Erdnuß verspeiste.

An einem trüben Novemberabend des Jahres 2007 war ich die Einzige im Zoo Nürnberg, der in kürzester Zeit seine Pforten schließen würde. Auf der Elefantenanlage stand ein einsamer alter Elefant der von Eiskristallen umschwebt wurde. Ich puhlte eine Erdnuß aus und legte sie ins Gras, und es dauerte nicht sehr lange, bis sich ein Elefantenrüssel an der Wand emporschlängelte und sich mit viel Feingefühl die kleine Erdnuß griff.

Die stopfte er sich sodann auf müde Weise in den Mund...

Abends:
Nach einem langen, arbeitsamen Tag griff sich Vati Hubert die TAZ, die sich in ein Buchstabensüppchen verwandelt zu haben schien, das man nun müde in sich hineinlöffelt, und um seiner Ruhe willen, hatte er Pedro und Rosalie erlaubt, in seinem Büro ins Internet zu gehen.

Was aber, wenn sich der Pedro, aus welchen Gründen auch immer, deutlich mehr für die Rosalie mit ihrer exotischen Frisur interessiert?

Ute und Feli waren bei der Petra in der Geigenstunde, und kehrten erst nach geraumer Zeit wieder heim.

Man setzte sich zu Tisch, und die Feli zeigte einen gesegneten Appetit, so daß die Speisen von Vati Hubert nochmals aufgefahren wurden.
„Die Soße schmeckt ein bißl langweilig!" mäkelte Mutti Ute.
„So so, die Soße schmeckt ein bißchen langweilig," sagte der Hubert und schmunzelte ein bißl zu mir her. Da lachte auch die süße Ute wieder, die sich innerhalb der Familie ja leider etwas sorgendurchrunzelt zu geben pflegt.
Dann erzählte die Ute, wie sie der Meinung sei, ein jeder solle mal ein „freiwilliges Jahr" abhalten. Sie habe in jungen Jahren eines im Heim für schwererziehbare Kinder absolviert.

Donnerstag, 6. November
Rottweil – Lauterbach – Karlsruhe

Herbstlich mild.
Die Sonne schwebte durch
Massen an mehrschichtigen
herbstlich kolorierten Wolkenbäuschen

Am Morgen tönte es wieder höchst sorgenschwer durchs Gebälk: „FEEEELI!...Es ist fünf vor siiiiieben!!" Die Ute bei ihren Ermahnungen klang

sehr leidend, und die Sorgenfurche auf ihrer Stirn schien sich bis unters Dach emporzudehnen.
Über den Pedro ist die Ute etwas befremdet, da er immer so abweisend ist.
Heut aber erbot er sich zu spülen, als Mutti Ute soeben mit dieser sauren, jedoch unvermeidlichen Tätigkeit anheben wollte.
„Umso besser!" sagte sie erfreut.
Der Pedro ist jedoch leicht ungeschliffen und ungehobelt. Zwar spülte er los, doch ohne gefragt zu haben, schaltete er das Radio ein, aus dem nun ein Gedudel erquoll und sich lärmbelästigend ins Zimmer ergoß.
„Würdest du es bitte ein bißchen leider drehen?"
Und der Pedro drehte es unter besonderer Berücksichtigung des Wörtchens „bißchen" ein bißchen leiser.
Die Ute am Tisch freute sich so süß, daß ich endlich einmal etwas länger bleibe. Früher habe sie sich oft Gedanken gemacht, was aus der Kika wohl so werden solle?
„Da muß doch endlich mal etwas geschehen!" habe sie häufig gedacht, doch wenn sie mich heute so sieht, so habe sie das Gefühl, ich hätte doch den besseren Lebensweg eingeschlagen. Denn immer bloß schaffen und schaffen – um noch mehr anschaffen zu wollen? Man warf einen ratlosen Blick in die immer voller werdende Wohnung, die sich im Laufe der Jahre in ein aufregendes Wimmelbildnis verwandelt hat, das niederzupinseln

oder aber in Worten zu schildern eine echte künstlerische Herausforderung wäre.

Die Petra habe zur Ute gesagt, ich könne sie ruhig anrufen – aber ich will eigentlich gar nichts mehr von der Petra. Diese Freundschaft ist leider eingegangen – dafür sei aber die schöne Freundschaft zur hübschen Nicole neu aufgeflammt, erzählte ich begeistert.

Und dann erzählte ich der Ute auch noch, daß Frau Reimer mir einen Brief geschrieben habe.

„Das ist doch wirklich nett!" fügte ich hintan, und die Ute mutmaßte, sie könne sich vielleicht für meinen Besuch bedankt haben?

Frau Reimer hatte aber nur über ihre Hunde geschrieben, und daß ihrer Schwager Achim, der immer nur „Gruß Achim" schreibt, sehr beeindruckt von den Beerdigungsreden der Villinger Honoratioren gewesen sei.

Ich hätte dies Thema so gern mit Brisanzen ausgeschmückt, die niemand für möglich gehalten hätte: Daß ich glaube, Frau Reimer gefällt der Gedanke, daß ich vor 25 Jahren eine Affaire mit ihrem Mann gehabt haben *könnte*, wie eventuelle Gerüchte nicht so recht verstummen wollen? Das damals eventuell Empörende hat heute einen völlig anderen, geradezu elektrisierenden Beiklang.

Ob er mir seine ganze Lebensgeschichte anvertraut habe? Ob ich in Kenntnis kleiner aber feiner fehlender Puzzelteilchen aus dem Leben ihres Mannes bin, mit dem sie fast 50 Jahre zusammengelebt, und ihn letztendlich doch nicht gekannt hat?

Ich fuhr „zum Hölzle" um die ebenfalls frisch verwitwete Frau Krüger zu besuchen, die Mutter von meinem kleinen Schüler Matthias, der einst so barsche Kompositionen niedergeschrieben hatte. Den Unterricht auf der Violine hielt ich damals eigentlich nur für *Frau* Krüger ab, die immer so entzückt von mir war, und als sie einmal nicht dabeisaß, da fiel mir gar nichts zu Belehrendes ein!
Damals war Frau Krüger jung, und wurde von schönsten Hoffnungen bzgl. Künftjem getragen, da der kleine Matthias als Rottweiler Mozart gefeiert, und bei „Jugend komponiert" preisgekrönt wurde.
Doch inzwischen ist ihr Mann gestorben, und der kleine Matthias hat geheiratet, und wohnt weit weg – in Schopfheim, nahe der Grenze zur Schweiz.
Die ganze Straße wirkte so trostlos wie das kaltsilbern leblose Haus, aus dem der Geist von Herrn Krüger aus dem Schornstein entwichen scheint. Allein der Blick durch die Türe wirkte beklemmend! Ein grauer Vorhang vor der Milchglasscheibe – alarmgesichert!
Frau Krüger meldete sich durch die Gegensprechanlage, und dann dauerte es noch eine weitere Weile, bis sie endlich unten angekommen war. Doch wir Damen standen nur kurz und verlegen im Windfang, und es war so, daß Frau Krüger so starke Halsschmerzen hatte. Die

versuchte sie nun oben in ihrem Zimmer auszukurieren, und so fuhr ich weiter.

Die Katharina hatte mir so rührend auf die Mailbox gesprochen. Sie hatte Heimweh nach mir, und so rief ich sie an einem Rasthof in schneidender Kälte an einem Telefonierstengel an. Dem brandenden Verkehrslärm geschuldet verstand ich kaum, was sie da sagte. Etwas solcherart vielleicht, daß sie das Gefühl habe, die Männer wollen sie alle nicht, und wegen dem Alexander schwante mir bereits Schlimmes.

Später saßen wir Damen gemeinsam am Tisch:
Ich erzählte der Katharina von meinen Lieben in Rottweil: Von der unbekümmerten Feli, die den Austauschschüler Pedro so behandele, als sei er ihr Eigentum, mit dem man beliebig umgehen dürfe. Abends wird er, mehr oder weniger gegen seinen Willen, einfach eingepackt und auf einen Nachtspaziergang mitgeschleift, und dann muß er sich Gespenstergeschichten anhören, die er gar nicht hören will, weil er aus diesem Alter einfach raus sei.
Und die Rosalie wiederum sei immer am Suchen. Die ganze Zeit sei sie damit beschäftigt, irgendwas zu suchen, doch in diesem Wimmelhaus sei´s nicht einfach, etwas zu finden.
D.h. man findet natürlich viel – allzu viel. Doch das, was man sucht, das findet man nicht.

Über den Alexander sprachen wir natürlich auch: Die Katharina hatte die Ungewissheit nicht mehr ausgehalten, und rief ihn an, und bei diesem Telefonat wurde die Rede wieder auf einen Besuch geschwenkt, über „den man sich sehr freuen würde!"

Die Katharina findet es jedoch an der Zeit, daß er sich selber einmal melde, denn sonst stünde sie ja vor sich selber da, als würde sie ihm hinterherlaufen! (Entrüstungssmilie)

Später erlebte man jedoch eine freudige Überraschung: Ein großformatiges Kuvert vom Alexander war gekommen!

„Wahrscheinlich schickt er nur die Noten zurück", war die Katharina getreu dem Spruch von Utes Mutti auf das Schlimmste gefasst.

Doch etwas weltfremd schickte der Alexander ausgedruckte Pläne, wie man ihn in Rottweil besuchen könne, und ein rührend steifer und doch anrührender Brief lag auch noch bei. „„…zeitnah besuchen". Sicher vielfach vorformuliert und schließlich ins Reine geschrieben.

Als ich zu später Stund endlich in Karlsruhe eintraf, war mein Parkplatz im Kirchgarten besetzt, so daß ich das Auto nur unter größter Mühe rückwärts wieder durch das enge Kirchgartentor hinauswinden konnte, nachdem ich so schwungvoll hineingefahren war.

Ich begrüßte mich mit der Familie Schomberra, die vor einigen Jahren von der Oberlausitz nach Karlsruhe gezogen ist:
Der mittlerweile bebrillte baumlange Leopold hat sich in einen hübschen jungen Mann verwandelt, nach dem sich die ersten Mädchen umdrehen dürften, die Rebekka ist ein wenig gleichmütig geworden, und der kleine Heinz ist etwas seltsam geblieben. Mir zu Ehren sang man ein mehrstimmiges kunstvolles Geburtstagslied, und flohplagenbedingt war in der Küche alles umgestellt worden.
Der kleine Heinz brannte darauf, mir auf dem Cello vorzuspielen.
„Heute oder morgen?" frug er Mutti Margarethe fest und ernst.
„Morgen!"
„Bist du sicher? Überlege es Dir gut!" Dies sagte der leicht Seltsame streng und gewichtig auf Art eines Lehrers vom alten Schlage.
Also entschied man sich dazu, *jetzt* zu spielen: Man zückte je sein Cello, und legte die Noten auf die Pulte: Ein Duo von Pleyel. Zum Spaß nahm ich die kleine Wagner-Büste zur Hand, und ließ den Wagner mitschunkeln.

Zu später Stund machten Margarethe und ich einen Gassigang mit den beiden Hunden. Wie fast immer herrschte in der Schule Elternabend, und in Omi Agnes´ Wohnung brannte Licht. Unfassbar wäre es natürlich, *wenn die Omi als entrüstete Nichtraucherin auf den Balkon getreten wäre, um heimlich, und ihren eigenen Blicken entwunden eine Cigarette zu rauchen.*

Freitag, 7. November
Karlsruhe

Tiefgrau und kalt

Zum vierten Mal in Folge übernachtete ich bei einer Familie, die zum täglichen Frühaufstieg genötigt ist, da die Kinder, bepackt mit Ermahnungen und guten Ratschlägen, in die Schule entsandt werden müssen. Etwas, worüber ich der Margarethe später gar ein Kompliment machen sollte: Daß es bei ihr am besten funktioniere!
„Heinz, bist du wach?"
„Ja!"
„Super!" (So geht es nämlich auch.)
(Eine Erweckung auf Augenhöhe.)
Die Rebekka ist leider auch nicht mehr die, welche man kannte. Sie hat sich in einen leicht muffigen Backfisch verwandelt, mit dem sich wieder anzuwärmen ich nun hoffte, als wir uns durch die Novemberfrische zum Gymnasium begaben, und

soweit war´s auch recht nett – wenn auch das Gymnasium nur etwa 400 OTS* entfernt ist.
*meine persönliche Entfernungsangabe:
Omi-Trippelschrittchen
Auf dem Heimweg bog ich aus alter Gewohnheit zur Grundschule ab, und erlebte hautnah ein Drama mit:
Eine sehr selbstbewusste Kopftuchträgerin schrie eine andere Autofahrerin aus ihrem Auto heraus wüst an: „Sie sehen doch, daß ich hier auspark!"
„Arrogant! Arrogaaaaannt!" schäumte die andere höchst erbost – vor Erbosung triefend und bebend.
„Arschloch!" rief die Frau im Auto unflätig und drohte mit der Faust.

Später saß ich, einer Probe um viertel vor zehn entgegendrögelnd wieder in der Küche, und las „Die Zeit".
Ich las über den 23-jährigen, maulkorbbärtigen „Christoph", der binnen kürzestem zwei bis drei schwerwiegende Neuigkeiten verkraften mußte: Tod des Vaters, und dann die Neuigkeit, daß er ja doch nicht von dem gezeugt worden war. Etwas, das sich ungefähr so angefühlt haben dürfte, *als würde Frau Reimer zugetragen, daß es nicht die Asche von ihrem Jürgen war, sondern daß es sich einfach um irgendein Aschehäuflein aus einem Kehrichteimer des betrügerischen Bestattungsunternehmens in Schwäb. Hall gehandelt hat, das da bestattet, beweint und berequiemt worden war? Und*

zu welchem hinzu Reden geschwungen wurden, die den „Gruß Achim"* sehr beeindruckt hatten – denn gezeugt wurde der Christoph vom Samenspender Udo, heute 69, der sich seinerzeit über hundert Mark zusätzlich sehr gefreut hatte.

*Bruder des Verstorbenen. Ein Herr, der immer bloß „Gruß Achim" auf seine Postkarten schrieb

Doch es könnte natürlich passieren, daß demnächst die Gesetze kippen, und der Udo Alimente für 23 Jahre nachzahlen muß?
(Kleiner Lichtblick in diesem Riesenärgernis: Die hundert Mark darf er behalten.)

Konrad und ich probten dermaßen unkompliziert Mozarts Sonate in A-Dur und die Rheinberger-Suite, indem nämlich überhaupt gar nichts interpretatorisches besprochen wurde, und Proben dieser Art sind mir doch immer noch die liebsten!

Ich erzählte der Margarethe von Frau zu Frau vom „Ruf", den Herr Reimer aus Berlin erhalten haben will (als Pförtner), und ärgerte mich schon jetzt über die schwülstigen Reden, die dereinst auf Kirsches Beerdigung gehalten werden:
Er ignorierte einen Ruf aus New York, um im kulturellen Ödland Ostfriesland etwas aufzubauen, und den Ostfriesen die Kultur nahezubringen. ← so und ähnlich wird dereinst über ihn, der sich dreist in unser gemachtes Nest gesetzt hat, gefaselt! (Empörungssmilie)

Im REWE blätterte ich in den Journalen, und las mit großem Interesse ein Interview mit dem Ehepaar Kohl: Die böse Maike erzählte, wie sie die Verleumdungen und Unwahrheiten einfach zu ignorieren pflegt, da sie die Zeit nutzen möchte um *ihr* Leben zu leben. Alles andere koste zu viel Zeit, die sie viel lieber für das gemeinsame Leben mit ihrem Helmut nutzen möchte.

Und dabei brannten den Stern-Reportern Fragen nach Walter & Peter unter den Nägeln, zumal man doch eine ellenlange Schlange an Interessierten, darunter auch mich, im Nacken spürte.

Doch die Ausstrahlung des Ehepaars würgte diesen Fragenkatalog weitestgehend ab, und auch Walter & Peter beim Lesen brannten doch wahrscheinlich ebenso auf eine Antwort auf ihre bohrenden Fragen!

Doch der Kohl im Rollstuhl antwortete schlicht: „Wir haben kein gutes Verhältnis!"

Dies stimmt jedoch nicht, und der alte Mann redete nur der bösen Maike nach dem Munde.

Denn als es dem Peter einmal gelungen war, zusammen mit seinem kleinen Töchterlein den alten Vater zu fassen zu kriegen, da nahm der alte Mann ergriffen die kleinen Händchen von dem süßen kleinen Kind in seine riesigen warmen Hände – bevor die böse Maike das Gespann keifend hinweggejagt hat.

Am Nachmittag fischte ich eine Mail Mings hervor:
Im Namen des Volkes wurde die OSL* heut dazu verdammt, uns 20 000 € Strafe zu zahlen, auch wenn man eigentlich noch eine Null hätte dransetzen müssen, um die Schuld die sie auf sich geladen hatte noch besser hinweg zu tilgen.
*Eine Körper- oder auch Burschenschaft, bzw. ein Geheimbund im Operettenstaat Ostfriesland
„Ming, Julchen und Euer süßestes Enkelchen auf der Welt!" unterschrieb der süße Ming so stolz.

Auf dem Heimweg telefonierte ich mit Ming.
Ming erzählte vom Anwalt Hillers, der sehr viel zugänglicher sei, wenn man ihn alleine träfe, zumal er ja in OSLbegleitung den Bluthund hervorkehren muß!

„Sind Sie extra wegen dem Urteil hier?" habe er sich verwundert gegeben. „Aber sie leben doch in Aurich?!"
Buz habe sein Börsl verloren. Er weiß allerdings nicht wo, und sein Geständnis Rehlein gegenüber habe folgendermaßen ausgeschaut: „Haben die sich wegen dem Portemanjö schon gemeldet?"
Der Kenner weiß ja, wie es ist, und wie Rehlein in diesem Falle den Groschen ersteinmal *nicht* fallen lässt.
„Wer? „Die"?" (höhnend und konsterniert eingefärbt.)
Buz sei allerdings so süß gewesen, daß man ihm nicht böse sein konnte, erzählte Ming liebevoll.

Am Nachmittag gab´s Kaffee, zu welchem Plunderstücke aus der Bäckerei gereicht wurden. Der kleine Heinz frug, ob er um vier Uhr zum Marcel dürfe?
„Der Marcel ist kein Umgang für Dich!" scherzte der Leopold, und der kleine Heinz schaute seinen großen Bruder zu diesen nicht ernst gemeinten und nur so dahingeplapperten Worten so gequält an, als wolle er gleich losweinen, - sei mit seinen 8 Jahren nun aber zu alt hierfür.

Hernach fuhren Konrad und ich in trüber Wetterlage zum Konzert nach Waldbronn.
Ich wünschte, zwischen uns könne – so wie einst zwischen Herrn Reimer und mir – der Funke

überspringen, doch oft (gar zu oft) versinkt man in verlegenes Schweigen, und wüßte gar nicht, was einander zu sagen sei?

Samstag, 8. November
Karlsruhe

Am Morgen zeigte sich das Wetter noch in
Grautönen, doch dann entschälte sich
über die Mittagsstunden hinweg
ein gewisser Sonnenschein aus dem
Restherbstbestand

Zunächst lag ich, wohlig vor mich hinsinnierend im Hochbett herum. Ich dachte allerlei: Z.B., wie ich Onkel Dölein schreibe, daß ich ihn sehr liebe.
In Florida jedoch sei er mir ein Fremder unter Fremden gewesen. Leicht und flüssig wehten mich die klügsten Gedanken an. Und dann schreibe ich ihm, daß ich jeden Tag nach Kassel fahre, um mich dort zu amüsieren. Ich verschwinde einfach in der Anonymität der Großstadt.
Frau Reimer schrieb ich im Geiste, daß ich mich sehr wundere, daß sie glaube, daß der Achim von den Reden auf den Jürgen beeindruckt gewesen sein soll? So naiv kann man doch gar nicht sein? Viel lieber hätte er eine Laudatio vernommen, in

der auch die Verdienste der erst vier Monate zuvor verstorbenen gemeinsamen Mutter gewürdigt worden wären. *„Und glauben Sie mir, meine Damen und Herren! Sie kannte ihren Sohn besser als jeder andere Mensch auf dieser Welt!"*
Tatsächlich geht es Frau Reimer ein bißchen wie Paula Rader mit ihrem Dennis*:
*Einem Kirchenpräsidenten in Kansas, der über die Jahre hinweg zehn Menschen ermordet hat
50 Jahre lang lebte man scheinbar sehr im Glücke. Dann war´s mit einem Schlage vorbei, und man mußte sich eingestehen, daß man seinen Mann überhaupt nicht gekannt hat!
Der Jürgen endete als ein kleines Häufchen Asche, und der Dennis sitzt im Hochsicherheitstrakt.
Eine grobe Lächerlichkeit, da er mittlerweile ein alter Mann ist, der auch dann nicht (mehr) weglaufen würde, wenn man ihn in eine unabschließbare Telefonzelle sperren würde.
Im Hause war´s sehr still.

Meist sieht man mich hier in der Höhe.
Ich dichte auf dem Schrank, und schlafe auf dem Hochbett.

Als ich neben dem Bette stehend in den Alltag hineingewirbelt worden war, empfand ich den teils leeren Raum, durch welchen ein durch das Kippfenster in zwei Hälften zerteilter durchwachsener Morgenhimmel hereinblickte, als angenehm.

Ich begab mich in die schöne hohe Küche mit den vielen Filmplakaten an der Wand, die auch als Eßzimmer genützt wird.

Man bewarf sich allgemein mit einem knurrigen, so doch nicht unherzlichen Guten-Morgen-Gruß, und anhand der Zeitung begann Mutti Margarethe unverzüglich und hinzu leicht polternd loszupolitisieren.

Der Heinz habe gestern fünfmal beim Mau-Mau gewonnen, so erfuhr ich.
„So weiß er jetzt genau, wie es sich anfühlt, ein Champignon zu sein!" scherzte ich. D.h., ob das nun eine Scherzelei, oder eher ein Zeichen gröbster Unbildung sein sollte, erschloß sich nicht so ganz.

Bald schon zeigte sich der Samstags-Dauergast Omi Agnes. In einem farbenfroh geringelten orange-getönten Pulli, wälzte sie sich – flaniert vom Willkommensgebell der Hunde - die Stiegen zu uns empor.

Sie nahm am Tische Platz, und griff sich genußfreudig ein riesengroßes Croissant, und die Rebekka brannte darauf, die „Ballade vom Kirschneroth" vorzutragen, die sie gestern gedichtet hatte.

Omi Agnes hatte allerlei Wunderdinge zu erzählen: Von einem 11-jährigen, der schon viermal eine Klasse übersprungen habe, und von einem

Säugling, der mit nur acht Wochen sein erstes Wort formulierte: Örö! Ob das wohl etwas auf ungarisch ist?
„Alle Säuglinge fangen mit acht Wochen an „örö" zu sagen!" wußte die Margarethe, und verdarb ihrer Mutti die fesselnde Erzählung leicht.
Vati Konrad entfernte sich einfach so von der Frühstückstafel, um seine Pläne gescheit einzuhalten. Er ist ein wohlorganisierter zielstrebiger Mann, dessen Tage mit Taktstrichen eingegittert scheinen?
Später heulte der Staubsauger durchs ganze Haus und nervte maximal. Ich stellte mir vor, wie die Margarethe unbewusst ihre Mutti aus ihrem Leben zu saugen trachtet.
Omi Agnes spielte derweil mit dem Heinz Mau-Mau, so daß man froh sein durfte, alt & jung irgendwie beschäftigt zu halten.

Wenig später saß ich in der Probe.
Heute bekam ich einen neuen Pultnachbarn, da nämlich der Dr. Färber wegen einer jähen, lebensgefährlichen Erkrankung seiner Frau jäh hat absagen müssen. (Einer Blutvergiftung) Und statt seiner, setzte sich ein dünner Ukrainer mit eisgrauem sich länglich und üppig über die Kopfoberfläche hinwegziehendem Haar neben mich. Gewissenhaft zählte und probte er mit. Er heißt Schljbslychwczenko, oder so ähnlich.

Zwei der Sänger schienen miteinander verheiratet zu sein: Ein dünner, holzgeschnitzt wirkender verschmitzter Herr und eine zünftige, stark gerunzelte und lebensfroh wirkende Dame mit gelbgetöntem Haar.

In der Pause stand in der Küche ein Teller mit klebrigen Gebäckstücken bereit, – ungesund bis zum geht nicht mehr - und das Gesangsehepaar plapperte sich mit Mutti Margarethe fest, die in ihrer lattigen Länge, dem herrlichen Lockenkopf, und der ständig auf und abfedernden Arme verlegen wie ein Kind wirkte.

Man sprach über die Jugend.

Die Sängerin sprach auf bayrisch und erzählte von ihren drei Söhnen, die leider auch schon nicht mehr ganz jung sind: 17 und 2 x 15 Jahre (die Zwillinge!) und einer von den Zwillingen sei ein „Downie"* berichtete sie unbekümmert.

*mongoloid

Der Kirchenchor gruppierte sich um uns Musikanten.

Die Proben mit dem Konrad sind mir äußerst angenehm. Man fühlt sich wie in einem warmen Wannenbad, und in gewisser Weise noch angenehmer, da sie ja mit einem Kulturgenuß verbunden sind. Nie sieht man den Konrad fröhlicher lachen als mit seiner welken Gesangsbrut.

Nach einer Weile sprach und dachte ich nur noch in Koloraturform. (Auch im Geiste.)

Draußen war´s heut so schön. Dies sah man in der Pause durch das Fenster in der Kirchenküche. Noch einmal bäumte sich der Herbst in seiner Pracht so richtig auf, doch nach der Probe war es tief-dämmrig – sepia-dämmrig geworden.

Im Orchester hatte ich das Gefühl, die Margarethe schaue mürrisch zu mir herüber. Doch auch wenn´s nur ein Späßle war, so dachte ich dennoch: „Was mache ich bloß, wenn sie mir plötzlich ihr Wohlwollen entzieht?"

Kurz vor unserer Abreise nach Eggenstein welche von Vati Konrad auf halb sieben terminiert worden war, saß ich noch mit der Rebekka in der Küche, und lenkte die Rede auf den Altersstarrsinn.

„Das wäre ja blöd, wenn ich hier sitz´, und altersstarrsinnig geworden bin!" sagte ich, und die Rebekka brummte mürrisch: „Die Hauptsache du sitzst *hier*, und nicht irgendwo anders!"

Der Konrad nutzte das bißchen Zeit zwischen den Zeitpaketen, und übte auf dem Cembalo, so daß sich die rieselnden musikalischen Bemühungen durch das Treppenhaus zogen.

Rührend hatte man das Ambiente für das Duokonzert organisiert:

In der Pause gab´s Brezeln und Getränke, und der Pfarrer dort hat ein richtig liebes Lächeln.

Die bedeutendste Geigerin vor Ort Olga M. kam nicht. Entweder weil man in Ruhe um Vati Waldemar vortrauern will, oder weil es die Geiger immer in den Fingern juckt, mehr Pepp und hinzu ein anderes Kollorith in die klanglichen Bemühungen eines auf der Bühne agierenden Jemanden hineinzubringen.

Eine typische Russin war mit ihrer Enkelin, einer stumpfen 14-jährigen erschienen, die allerdings bloß erstaunt war, daß ich ohne Schulterstütze spiele?

Ich sollte erörtern, was meine Standpunkte seien?

„Ich stehe auf dem Standpunkt, daß einem Jeden von uns ein saueres Schicksal aufgebrummt wurde, das man wohl oder übel zu tragen hat!"

Doch das war nicht gemeint. Man wollte lediglich wissen, wo ich lebe?

„Ich lebe in Grebenstein!"

„?"

Aber vielleicht hätte man lieber sagen sollen „Die Heimat eines Musikers ist der Globus. Gestern Tokyo und morgen LA – und heute…!"

(Der Name dieses *scheinbar* unbedeutenden Ortes war mir kurz entfallen.)

Ein altes Ehepaar hatte ein großformatiges Foto mitgebracht, worauf in einem wimmeligen Jugendorchester abgebildet eine andere Geigerin namens

König saß, so daß ich sah, daß ich nicht die Einzige auf dieser Welt bin.

Zu später Stund gab es daheim noch eine Erbsensuppe, und nun zeigte sich auch Langschläfer Leopold, auf den man zum Frühstück meist vergebens zu warten pflegt.

„Kein Mensch ist illegal!" steht seit Tagen auf dem T-Hemd des gutaussehenden bebrillten jungen Mannes, der sich jetzt sehr interessiert zeigte, wieviel Vati Konrad wohl wöge? (89 Kilo)← da der Konrad seinen Kindern immer alle Fragen wahrheitsgemäß zu beantworten pflegt, und dies Gewicht für einen stattlichen Herrn in der Blüte des Lebens ja auch voll OK sei, wie man sich nun einig war.

Zusammen lasen wir sehr interessiert Illustrierte, und der Konrad erzählte, wie seine Eltern die BUNTE abonniert hatten.

Dort las er als Kleinkind alles über Jacky Onassis und Königin Silvia, und das Interesse an diesen Themen, die eigentlich gar nicht so recht zu ihm passen wollen, habe er beibehalten.

Sonntag, 9. November
Karlsruhe

Ältlicher, abgenutzter Sonnenschein
der nicht mehr groß wärmte.
Und schon beginnt´s hauchig
und novemberlich frisch zu werden

Zu Tagesbeginn fühle ich mich meist so, wie ein auszubrütendes „Etwas". *Jemand hat ein gigantisches Dino-Ei gelegt und vergessen, es auszubrüten. Sonne, Wind und Wetter – bzw. die Erosion der Zeit bringts dann allerdings doch so allmählich zum Bröckeln, und irgendwann steh dann ich da! Hineingepflanzt in einen Tag, von denen tagtäglich einer unwiederbringlich hinweggesäbelt wird.*
Die Hunde waren heut außergewöhnlich lebhaft: Sie balgten herum und beknurrten und bebellten sich auf bislang unbekannte Weise.
Meine Schuhe waren verschwunden. Ich wetzte ein- zweimal durchs Treppenhaus, und dann sah ich, daß sie von zupackenden Händen irgendwo in die Höhe gestellt worden waren.

Das Frühstück war leider ungesund bis zum geht-nicht-mehr: Fast der ganze Tisch war mit den schön glacierten Donuts von der Rebecca bedeckt. Mit Silberperlen auf köstlich klebriger Himbeerglasur geschmückt, schaute der Frühstückstisch aus wie in einem Märchenbuch, in dem das Schlaraffenland besungen wird.

Kaum stand ich in der Küche, da erschien Mutti Margarethe mit ihren politischen Hausaufgaben. „Du mußt mir helfen!" sagte sie.

Ich setzte mich interessiert neben sie, und da erst begriff ich, wie mühsam die Politik ist: Tausend Vorschläge wollen bearbeitet und durchdacht werden. Vorschläge, die einen Größtenteils nicht nur nicht interessieren, sondern gar als überflüssig erachtet werden. Z.B. die schöne geschmeidige Straße vor dem Hause für 1,1 Millionen sanieren zu lassen, auch wenn sie sich in tadellosem Zustand befindet? Auf mich wirkte dieser Vorschlag so, als käme jemand vorbei und schlüge vor, das 84-jährige, sich im Grunde noch top in Ordnung befindliche Gesicht von Omi Agnes mit Botox zu sanieren? Allerdings müssten die Kosten auf die Heimbewohner im „betreuten Wohnen" verteilt werden, - und so geht´s den ganzen Tag!

45 Millionen Schulden!

Die Hauptschule soll in die Realschule hineingemengt werden, und unklar ist, ob man das Gemisch aus Volldoofen und Halbdoofen nun als Prämium-Hauptschule, oder doch lieber als Realschule-light bezeichnen solle?

„Was klingt besser?" frug mich die Margarethe und schaute mich hierzu glasig an, da Themen dieser Art an ihren Nerven zerren.

Bloß daß es nachher gänzlich verwaschen beim Arbeitnehmer rüberkommen muß, wenn einer Bewerbungsmappe zu entnehmen ist, daß der Bewerber in der „Realschule light" zurechtgeformt worden ist?

„Ist der nun klug oder blöd oder was??!"

„Gymnasium extra light special!" schlägt der nächste vor, um auch den Saudummen, wie der Schwabe grob zu sagen pflegt, eine Chance auf dem Arbeitsmarkt einzuräumen.

Immer wieder gibt´s Leute, die so tolle Ideen haben, doch andere wiederum finden diese Ideen ganz doof.

Die Margarethe hatte einen drei Säulen-Fahrplan für ein besseres Karlsruhe ausgearbeitet. Den schickte sie herum, z.B. auch dem Bürgermeister, doch die erhoffte Resonanz blieb aus.

Ich las die Geschichte vom Samenspender Udo, 69, in der ZEIT weiter, und gleichzeitig Margarethes Brief an den Bürgermeister, der sehr reichhaltig war.

Zu reichhaltig für den dummen Bürgermeister.

Zurück zum Udo:

Das Treffen mit seinem alten Herrn gab dem 23-jährigen Maulkorbbart-Träger Christoph einen Launenkick, und der Udo wiederum, der so viele Kinder gemacht hat, daß es schon langsam brenzelig wird, falls demnächst ein schwelendes neues Gesetz in Kraft tritt, war auch gerührt, indem er dem Abschied am Bahnsteig mit einem

warmen Händedruck und einem zurückhaltend-vertraulichen Schulterklopfen noch am selben Abend eine E-Mail folgen ließ:
„Bereust Du es, mich alten Sack kennengelernt zu haben?" gab er sich lose.
Der Christoph antwortete gleich: „Hi, Udo. Jupp! Es fühlt sich gut an. Nein – ich bereue es nicht. Bis die Tage ☺!"
Die Rebekka ließ den Kirsche auf dem Smartphon aufscheinen. Kirsche redete sich um Kopf und Kragen zum Thema „Schubert", grad so, als habe der Kameramann gesagt: „Red einfach IRGENDETWAS. Bloß nicht stocken – Du weißt ja, die Frauen schmelzen dahin!"

Die Rebekka hat den Kochplan für die Woche ausarbeiten dürfen: Über fast jedem Tag steht als Kochmotto für den Tag „Leckeres", und nur an jenen Tagen, wo die Rebekka nicht daheim ist, liest man „Ekliges".
Wir riefen Ming an.
Man habe sehr über Rebekkas „Ballade vom Kirschneroth" gelacht – allerdings sei dies ja keine Ballade, sondern ein Spottlied, gab Ming zu bedenken, doch in diesem Moment tönte der Gong zum Mittagsessen: Plangemäß gab´s heut Leckeres – nämlich Spaghetti Bolongnese.
Die Eheleute unterhielten sich über Lokalpolitisches.

Zum Nachtisch gab´s Donuts, und Rebekka, Heinz und ich spielten dreimal „Mau-Mau".

Die Rebekka hatte die Zuckerkügelchen versteckt, und dann beblöffte sie den Heinz, indem sie so tat, als habe sie die Zuckerkügelchen in einem bestimmten Winkel versteckt – bloß, um ihn hernach als „naiv" zu bezeichnen.

Überpünktlich, und doch bereits mit Nadeln im Po behaftet oder bespickt, verließ ich um 14:35 das Haus, um zur Probe zu eilen, wo ich sodann etwas überfrüht als Erste eintraf.

Eines der Werke auf dem Programm ist wirklich unglaublich: Johann Valentin Meder: „Ach Herr! Strafe mich nicht mit Deinem Zorn!"

Es hört ganz plötzlich auf, wenn niemand mit dem Ende dieses Werkes rechnet. Die verknitterte Sängerin singt: „Plötzlich, plötzlich (hexenartig zu tief intoniert) und dann folgen noch zwei ganz rasche finale Achtel, und das Werk hört völlig abrupt auf.

Ein unglaubliches Werk!

Dann war´s vorbei. Auch ich bekam eine Flasche Wein geschenkt, und hernach folgte auf dem Fuße der Höhepunkt des Jahres:

Das Chorfest im Gemeindesaal:

Betritt man den Gemeindesaal mit dem so reichhaltig gedeckten Tisch, wo die Chordamen alle ihre persönlichen kulinarischen Meisterstücke abgestellt haben, so ist´s als beträte man das Paradies.

Nur Unterhalten lässt es sich in dieser Bienenschwarmatmosphäre kaum.

Montag, 10. November
Karlsruhe

Grau und hochtrüb

Am Morgen erwachte ich in bläulichen Dämmer, und als ich mich auf die Haxerln gewuchtet hatte, ertönte im Zwischenstock das silberne Glöckchen, das zu den gemeinsamen Mahlzeiten herbeilocken soll. Mir ist es immer leicht peinlich, im Treppenhaus dem Konrad zu begegnen, auch wenn der Konrad, wenn auch kurzangebunden und hinzu im Vorübergehen gemeint hatte, ich könne so lange bleiben, wie ich Lust habe, und doch denkt die Veronika in mir, daß der Konrad dächt´: „Will die hier jetzt einziehen und Wurzeln schlagen, oder wie?"
Gemeinsam trafen wir in der Küche ein.
Der kleine Heinz wurde als erster in die verlängerte Nacht auf den Schulweg hinausgeschickt, und der Rest der Familie saß zu Tisch.
Die Rede wurde bald auf den lang verstorbenen Prof. Hamann gelenkt, der die Ankunft vom kleinen Leopold auf Erden damals noch mitbe-

kommen, und selbige mit einem rührenden, ellenlangen Glückwunschsbrief quittiert hatte.

Die Gesprächsmodulation war darauf zurückzuführen, daß erörtert worden war, wie wir Damen uns einst wohl kennengelernt haben?

Die Margarethe wurde von Buzen kennengelernt, bzw. nach Art eines bunten Schmetterlings aus einer Herde Graugänse herausgefischt.

Buz veranstaltete damals seine eigene Miss-Wahl. Eine Miss-Cello-Wahl für unser Streichquartett, denn die Gerswind an der Bratsche wünschte sich ein einheitliches Streichquartett. Von 3:1, oder 2:2-Quartetten hielt sie nichts. Entweder vier Damen oder vier Herren.

Im Jahre 1989, als ich mit dem Tagebuchschreiben anhub, hob die Margarethe wiederum mit dem Cellostudium an, und bei der Zwischenprüfung nach zwei Semestern hat Buz einfach zu Margarethes Mutti gesagt, die Margarethe spiele 14 ½ mal so gut wie ihr Meister! Doch dadurch, daß Herrn H. s Bemühungen auf dem Violoncello in den feinaufpixelnden Ohren Buzens nicht viel galten, war es doch wohl kaum als Kompliment zu werten? meinte die Margarethe nun belustigt.

Da nutzte ich die Gelegenheit, um aus dem Rührungstopf der Erinnerungen den Ruf des verstorbenen Professors wieder etwas aufzupolieren.

Der H. sei sehr begabt gewesen, und habe auch schön gespielt, allerdings nur so lange, bis der

Direktor, Herr Reimer den Saal betrat, da es dem H. doch drum gelegen war, sich vor dem Kollegen aufzuplustern, zu brüsten und zu punkten.

Mit dem Direktor und den ihm untergebenen Professoren sei es, - so ich - ein bißchen wie mit den Pfarrern und den Kantoren. Der Kantor kann viel mehr, wird bei der Auflistung jener Personenpyramide die die Gemeinde stemmt, jedoch immer *unter* dem Geistlichen aufgelistet. Das wurmt, und schreit doch förmlich nach Reform?

Diese Worte brachte ich an, um dem Konrad eine Freude zu bereiten. Doch die schönen Worte, die ihn sanft über die Wange streicheln sollten, schienen nur an ihm vorbeizuschweben, und so kehrte ich in meinen Ausführungen zum Prof. Hamann zurück.

Ich sang eine saftige Cantilene aus dem Dvorak-Konzert vor, die allerdings nicht halten konnte, was sie versprach, indem sie großartig begann und kümmerlich endete.

Während einer Probe für das alljährliche Orchesterkonzert mußte der H. während dieser wunderschönen Cantilene hilflos aus einem Augenwinkel heraus mit ansehen, wie Herr Reimer den Konzertsaal betrat um nach dem Rechten zu schauen. („Da will ich doch mal sehen, wie weit die Musikanten in ihren Bemühungen gediehen sind. Denn für die Hochschule steht doch ein guter Ruf auf dem Spiel!")←habe er gedacht, so ich.

Ein fremder harter Windhauch pustete die Genialität des H. einfach hinweg, und was übrig blieb, klang bemüht, so jedoch ein wenig steif, unausgereift, unüberlegt und ungeübt.

„Der spielt ja fuuurchtbar!" habe Herr Reimer dann daheim beim Mittagessen erzählt.

Ich begleitete die Rebekka durch den frostigen Morgen zum Gymnasium.

Vor einem alten Stadthaus hatte jemand leere, und von der Zeit gewellte und verwitterte Leitzordner abgestellt, die von einstigen großen Vorhaben kündeten.

Ich erzählte der Rebekka von meiner Großtante Lore, die einen Kriminellen liebte. Jetzt stellte ich uns kurz vor, dies seien die Tagebücher einer großen Liebe, die sich im Nachhinein als Schall und Rauch entpuppt hat. Die Papierblätter habe man herausgenommen und der Tonne überantwortet.

Auf dem Heimweg zeigte sich im Morgennebel die Margarethe beim Gassigang mit den Hunden. Ich schloß mich dem Gespann an, auch wenn man nicht mit Sicherheit zu sagen vermochte, ob die Margarethe mit ihren Hunden und Gedanken nicht lieber alleine gewesen wäre? Ich nahm ihr den Hugo ab und spaßte, daß ich jetzt wisse, wie sich ein Hundebesitzer wohl fühlt? So, als wolle man vor Stolz aus allen Nähten platzen.

Wir liefen in einen Park hinein, und ich erzählte der Margarethe aus dem Leben des verstorbenen

Herrn Reimer: Sein jüngerer Bruder Achim wollte immer so gerne ein Muttersöhnchen aus ihm machen. „Der wichtigste Mensch im Leben eines Mannes kann nur seine Mutter sein!" versuchte er in Worten von Norman Bates aus „Psycho" beständig, so doch vergebens, zu vermitteln.

So ging und geht's in Herrn Reimers Ursprungsfamilie zu, während man in der Familie seiner Frau immer so liebevoll miteinander war. Ein Wagnerpizza-Idyll wie in der Familie Weckwerth, wo sich alle so glühend liebten und immer füreinander da waren.

Ich studierte die „Badischen neuesten Nachrichten": Ein böser Stiefsohn (23) schlug seine Stiefmutter, hinterließ die alte Dame mit einer blutenden Platzwunde am Kopf und flüchtete.

Dann las man über Carolin Widman, eine Geigerin die – obzwar 13 Jahre jünger als ich – auf einem Foto so unerhört reif ausschaute, und morgen mit einem 15 000 € dotierten Preis bedacht wird.

Später lernte ich diese erstaunliche Geigerin auf einem Youtube-Video noch etwas besser kennen: Spricht sie über Musik, die in ihren Aug- und Ohren etwas essentielles ist, so bekommt sie eine sympathische, jedoch auch etwas hexenartige Ausstrahlung nicht ohne Reiz, der allerdings beim Bachspiel, beim Schumann und Prokofieff-Spiel Fragen aufwirft: Und? Paßt das Violinspiel wirklich zu den so verheissungsvollen Worten? Nein. Sie klingt wie alle Geiger.

Anders bei modernen Werken, die einem bis dahin unbekannt waren. Da hat man tatsächlich das Gefühl, so etwas Grandioses auf der Geige habe man noch nie gehört!

In meiner so trüben Zelle oben erlahmte ich körperlich und geistig völlig.

Rehlein in einem Rundschreiben hatte uns wissen lassen, daß die I-Sheng einen dritten Preis errungen hatte, und nun wollte sie uns alle an Buzens unbändiger Freude teilhaben lassen.

In einem Alter, wo von Herr Reimer nur noch ein kleines Aschehäuflein in einer selbstauflösenden Biourne (selten zu lesendes Wort) unter der Erde zu finden wäre, freut Buz sich noch über Wettbewerbserfolge seiner aufblühenden Schülerin.

Ich ließ mich in die Stadt hinaus treiben. D.h. Meine Beine trugen mich hinaus, während ich mit den Gedanken hinterherhinkte.

Kurz vor der Drogerie Rossmann spielten zwei russische Musikanten gewinnend Straßenmusik, und in der Rossmann-Filiale wehte mich das seltsame und doch freudige „Alle-Jahre-wieder!" Gefühl an. Weihnachtszeit!

Vor mir an der Kassenschlange stand eine ausländische Mutti mit ihrem gedämpft randalierenden Sohn, der etwas haben wollte. „Du kriegst das nicht, weil du nicht brav bist!" sagte die Mutter.

Man muß das bißchen Geld, das man vielleicht noch hat, gescheit beisammenhalten, und nun fühlte ich mich wie in einem traurigen Fernsehfilm. Alles ist so unwirklich.
Wieder vertrieb ich mir die Zeit am Kassenstau damit, daß ich an den verstorbenen Herrn Reimer dachte, der nun – so wie einst Omi Mobbl – durch die Lethe geschwommen ist.

Ich rief Ming an, doch wie fast jeder Anruf kam auch dieser eher ungelegen, da sich Ming soeben mitten in der Verkehrsbrandung von Aurich befand. Und ich assoziierte Ming in einer Rikscha mitten in Kuala Lumpur.

In Littfaßsäulennähe schimmerte die Rebekka im Pulk der Schulheimkömmlinge, die die ganze Stadt zu überfluten schienen. Sie habe Hunger, doch vor dem Mittagessen noch stünde eine Probe in der Kirche auf der Agenda. Man schaute zum Hause hin, und nach einer Weile löste sich von der Haustüre her eine Billiardkugel herbei: Das bare Haupt von Vati Konrad, der Geigen- und Bratschenkasten herbeitrug, da er als Familienoberhaupt gezwungen ist, selbst die banalsten Familienangelegenheiten irgendwie ernst zu nehmen, und in seinen dichtgewobenen Alltag zu integrieren. Doch die Rebekka ist leider etwas nörglerisch geworden, so daß es mir als Zaungast oftmals leicht peinlich ist, die häuslichen Szenen mitzuerleben.

„Wo sind die Noten?!?" nörgelte sie.

Wieder strömte der Konrad eine mürrisch-unverbindliche Stringenz aus. Mit dem langen rostigen Petrusschlüssel schloss er die Kirche auf, und in der Kirche war es so unwahrscheinlich dunkel und ungemütlich.

Dann eilte er nochmals geschwinde nachhause um die Noten zu holen.

Die Probe – ein simples Werk von Fasch – dauerte nicht allzulang, denn Konrads Tageslauf ist streng durchgetackert.

Abends drehten die Kinder und ich die ganze Zeit Filme: „Kirschneroth auf dem blauen Sofa". Und die Rebekka band mir und sich je eine Krawatte vom Papa um, und benützte gar seinen samtenen Herrenhut, der später einfach im Flur lag.

Der kleine Heinz hätte sich so gerne nützlich gemacht, doch man setzte ihn lediglich als Beleuchter ein, und die vielen Interpretationsgespräche über Schubert langweilten ihn bald.

Die Veronika in mir bangte etwas drum, der Konrad könne zurückkehren und meinen, ich wolle ihm seine Krawatte oder seinen Hut stehlen.

Hernach drehten wir „Super-Nanny" Filme mit der Rebekka als viel zu junger Mutti, die mit der Aufzucht ihres dreijährigen Sohnes Heinz zur Gänze überfordert ist. Hierfür kleidete sich die Rebekka als schriller junger Vogel ein, und verstand es so meisterhaft, die sauertöpfische

Jugendliche zu mimen, daß man sich zuweilen gar nicht mehr auskannte, ob dies wirklich nur geschauspielert oder ernst gemeint war?

Zu später Stund erfuhr ich dann noch von Mutti Margarethe, daß der kleine Heinz leicht kleptoman veranlagt sei. Dies merke man daran, daß in seinem Zimmer immer wieder größere Geldbeträge gefunden werden, die woanders fehlen.

Zu später Stund hatte Ming Pröppi-Fotos vom Martini-Fest geschickt: Mutter und Tochter hatten sich als Kätzchen verkleidet, und das Pröppilein hielt stolz wie Bolle eine prächtige selbstgebastelte Laterne in Händen.

Dienstag, 11. November
Karlsruhe – Grebenstein

In Karlsruhe ganz grau und sogar leicht vernieselt.
Im Hessenland mit kühlblauen Himmelsoasen sehr
frisch und angenehm

Im Traum *war Herr Reimer* wieder da, und wohnte verdrossenen Blickes als Hospitant einem Geigenunterricht Buzens bei.*

Daß er es vor seinem Exitus nicht geschafft hat, die tiefen Scharten, die er in seinem Leben hinterlassen hat, wenigstens symbolisch etwas auszuwetzen?

Man stellt seine Kräfte in die Dienste undankbarer, renitenter fremder Studenten, statt sich um seine alte Mutter zu kümmern?! Doch erzählte man dies in Gesellschaft, so klänge es im wahrsten Sinne des Wortes hohnverdreht.

*An schwerem paranoiden Wahn erkrankt, veränderte sich Herr Reimer einst über Nacht völlig, und ein fremder Teufel in seiner sterblichen Hülle lief durch die Hochschule und richtete Unheil ohne Ende an.
„Wie die lüüüüügen!!" dachte er bebend und melodisch, und sagte dies so quasi über jedes Wort, das so fiel, und zu mir sagte er boshaft: „Ich glaube Dir KEIN Wort!" und „Dein ganzes Leben war von Anfang an <u>völlig</u> verlogen!" Er überwarf sich mit jedem Einzelnen, verhinderte, daß Buz Professor wurde, und beschuldigte wiederum Buzen völlig aus der Luft gegriffen, er wolle *ihm* die Karriere ruinieren! Einen anderen Violinprofessor bezichtete er der Unzucht mit Schutzbefohlenen, zeigte ihn an, und das gleiche hatte er auch mit Buzen vor – fand jedoch gottlob niemand, der dies üble Spiel mitspielte.

Ich dachte über Herrn Reimers Geschwister nach, die nicht nur beide nicht für Nachwuchs sorgten, sondern darüber hinaus auch noch niemals mit irgendjemandem liiert waren!

Vielleicht sollte man Frau Reimer nun doch ihren Schwager Achim ans Herz legen?

Er sei ein guter Mann, und sein scheinbar sprödes „Gruß Achim" unter schütteren nichtssagenden

Karten aus dem Urlaub, spräche eher für als gegen ihn: „Bloß keine Gefühlsduseleien!"

Zu diesen Gedanken begab ich mich in die Küche, wo Vati Konrad soeben dabei war, dem Herrn Sohn eine Entschuldigung zu schreiben. Wegen seiner häufigen Krampfanfälle, denen man zuleiberückend heute den Kinderarzt Dr. Hobbiz ← (nein, so heißt er nicht – so schaut der kleine Mann nur aus) aufzusuchen gedächte – möge man den Leopold doch bitte vom Schwimmunterricht befreien!
Mutti Margarethe gefällt´s hinzu nicht, daß dort die fettigen Pommeskinder baden, und alle fanden es ekelhaft, warum man wohl in der Fettbrühe der anderen mitbaden solle?

Als leicht empörlich ist´s zudem bei mir angekommen, daß die Familie demnächst tausend €uro für die Straßensanierung zahlen soll, und die Kinder hatten sich so viel ausgedacht, wie man dem entgegenwirken könne.
„Sicher. Man könnte auch Selbstmord begehen, um sich aus der Verantwortung zu stehlen!" sagte der Konrad sachlich.

Die Margarethe hatte heute einen hürdeligen Tag vor sich: Zunächst galt´s, den Kindern in der Musikschule das Geigenspiel beizubringen. Am Nachmittag wiederum stand ein Seniorensingen im Altersheim auf der Agenda, und dort hatte die

Margarethe unlängst gegen ihre eigene Mutti etwas grob werden müssen. Man wollte lossingen, und sie machte ein Gedöns wegen der Seitenzahlen!

Auf einem Foto im Gemeindebrief wiederum sähe die Omi Agnes ganz erbost aus: Dies rühre daher, daß die Senioren für das Foto alle „Cheese" sagen, und ein falsches Lächeln aufsetzten sollten, und daß das auch noch in der Kirche geschah, empfand die Agnes als empörend, und ließ dies Empfinden auf ihrem Gesicht widerspiegeln.

Ich verabschiedete mich von der Margarethe, und sah sie auch noch ein letztes Mal von hinten, wie sie federnden Schrittes ihren Aufgaben entgegen auf die Haustüre zutrat. Denkt man da nicht gleich an Herrn Reimer, aber auch Josef Neckermann auf der Abschiedsparte?

Ich sollte anfangen, die Leute von hinten zu fotografieren, und diese Anblicke zu sammeln.

Wenig später pochte ich an die Bürotüre, wo die Glatze von Vati Konrad nach Art der aufgehenden Sonne wie alle Tage hinter dem Computer aufleuchtete. Fragend, und doch wissend blickte er auf. Ja, ich dürfe jederzeit wiederkommen – vielen Dank –
„..und den Schlüssel von der Rebekka habe ich oben auf's Bett gelegt", sagte ich auf die artige milde Art eines beflissenen Gastes.
Aber diesen Schlüssel hätte ich doch ebensogut behalten dürfen, um heimlich das Leben der Familie mitzuführen?!
Ich tue nämlich nur so, als sei ich hinweggereist:
Tagsüber tümmel ich mich in der Buchhandlung Thalia und im Me-Kong (einem sehr guten thailändischen Bistro, in welchem würzige Reisspeisen gereicht werden), und abends stehle ich mich an den Fernsehenden vorbei, um im Hochbett zu nächtigen, und wenn keiner schaut, so esse ich die leider ungesunden Reste in der Küche auf. Das Geld, das hi und da fehlt, rechnet man dem kleptomanisch veranlagten Heinz zu.
Erst beim Frühstück hatte die Rebekka darüber geklagt, daß es bei denen so langweilig sei, denn man mache immer das gleiche.

Mein Auto im Kirchgarten hatte eine richtige Herbstlaubfrisur bekommen, und einmal tropften aus einem Baum herab zwei dicke Tropfen auf den 11.11.11. in welchem ich soeben nostalgisch im Tagebuch las. Ich hatte mich drei Jahre jünger geblättert, und tauchte nun wieder in der Gegenwart auf.

Ich tupfte die Tropfen mit dem Ärmel ab, klappte das Tagebuch wieder zu, verstaute es im Auto, und fuhr von dannen.

In Kassel:
Nichts Neues. Bloß, daß man in der Sushibar nun täglich von 17 – 21 Uhr zum Jubelpreis von 15,90€ alles essen darf. Sushi bis man platzt, und von oben konnte man bereits die appetitlich angeordneten Tellerlein sehen – bereit für den großen Ansturm, der nach dieser Frohbotschaft erwartet wurde!

Mittwoch, 12. November
Grebenstein

Neblig verhangen,
einsam stimmend aber sehr reizvoll

Ich schaute mir eine Doku über den Mord- bzw. Vermisstenfall „Maike Thiel" aus Neuruppin an. Die 17-jährige Maike war erschwängert, und die

Familie lud einfach zu einer Abtreibungsdebatte ein: Doch die unreife Maike freute sich doch schon auf das Baby, und hatte sich bereits einen Namen ausgedacht: Charleen!

Die böse uneheliche Schwiemu Christine, heute 60, damals 43, entbrannte geradezu beatlich* in mütterlicher Dominanz: Nein, der Herr Sohn solle auf keinen Fall Alimente zahlen – die mußten weg! Also heuerte sie einen Frauenfeind aus dem Bekanntenkreis an, und Kindsvater Michael hob 3500 DM von seinem Sparbuch als Anzahlung, und dann später noch etwas mehr, ab.

Der Killer selber ist allerdings bereits über 80 Jahre alt, und leide an gesundheitlichem Verfall, so daß er von einem Gutachter für haftuntauglich erklärt wurde.

*Beatlich: an meine Tante Bea erinnernd

Grebenstein im weißen Nebelgewand schien mir ausgestorben.

Ich rief Ming an.

„Was machst du grad?" frug ich etwas hilflos in Ermangelung eines gescheiteren Gesprächstoffs.

„Ich ordne gerade irgendwelche Akten!" sagte Ming, obwohl dies ja kein interessantes oder ausbadenswertes Thema ist. Und nachher wolle er zum Steuerberater. Da lachte Ming: „Schon wieder!"

Das Pröppilein jubilierte und tobte im Hintergrund. Es könne schon „Kika" sagen, so hieß es.

Durch das Händi hindurch versuchte das Pröppilein, mir das ganze Haus zu zeigen.

Ich schaute nach den Mails:
Der Konrad ließ anklingen, daß ich, sofern ich wirklich wolle, tatsächlich am 4.1. bei einem geplanten Dreikönigskonzert mitwirken könne, aber die Florida-Reise sei mir auch absolut zu gönnen.

Daß ich dem Konrad nun allerlei auflistete, was <u>gegen</u> Florida spricht? Bis hin zu den welken Seniorenbeinen, die in schweren weißen Ärztesocken stecken, bloß, daß mit diesem Schrieb ja noch mehr Unklarheit in die Planung einfloss?

Später listete ich ihm auch noch einen weiteren Unsicherheitsfaktor auf, indem ich nämlich davon schrieb, an einer Weggabelung angelangt zu sein, die sich in drei Richtungen verzweigt: Daß es z.B. bitterkalt würde: Ofenbach pflegt um diese Zeit in sahnigem Schneepüree zu versinken, und einmal an den Kachelofen gelehnt wird´s höchst mühsam, sich nochmals hinwegzureißen, um sich in die Kälte hinauszubegeben. Es sei so, so ich, als wolle man einem heißen Wannenbad entsteigen, um sich nochmals dazu aufzuraffen, sich in die eiskalte Nacht hinauszubegeben. Ich brachte somit einfach eine 1:1 Gleichung an.

Dann schrieb ich der hübschen Nicole:
Ihr berichtete ich vom Tagebuch-Archiv in Emmendingen, und ergötzte mich in diesem Schrieb an einem seltsamen Szenarium, wie es hätte weitergehen *können*.
Man greift nach einem ersten Tagebuch, und es handelt sich um das Tagebuch vom Prof. Dr. Thomas Kabisch, ihrem Ex! Etwas, das man natürlich auch Frau Reimer schreiben könnte: Man greift sich auf gut Glück ein erstes Tagebuch, und durch einen schier unglaublichen Zufall handelt es sich um das geheime Tagebuch von Prof. Jürgen Reimer, oder aber dem simplen Lehrer „Achim Reimer"?
Dann schrieb ich der Ute.
Ihr erzählte ich von Jan S., der für sein leicht beamtlich klingendeses Cellospiel einen „Echo" abkassiert hat, und sich bereit erklärt hatte, in unserem Festival zum Jubelpreis von 8000€ ein Konzert zu geben – allerdings ohne Vibrato, - und sollte man darauf beharren, daß er die Wiederholungszeichen einhält, so koste es selbstverständlich das Doppelte.
Mehreren Leuten schrieb ich heut, daß sie einen riesengroßen Platz in meinem Inneren bewohnen.
Diese freundlichen Passagen erinnerten direkt an das liebe österreichische kleine Kind, das auf ein Suchplakat für sein Kätzchen geschrieben hatte „Ein Riesenfinderlohn wartet auf Dich!!!"

Doch warum klingt *dies* so rührend – und wenn Justus Frantz wiederum über den Dirigenten Werner Stiefel schreibt: „Stiefel ist riesig!" so klingt´s lachhaft?

Auf den Waldpfaden zum Burgberg begegnete ich wieder jenem Opa mit den beiden Hunden die gegensätzlicher nicht sein könnten: Ein friedfertiger schwarzer Lappohrhund und ein dauerzürnender kleiner Mops!
„Keine Angst vor den Hunden!" rief der alte Herr feierlich, nachdem die beiden mich bestürmt hatten. D.h. Der Lappohrhund trottete freundlich herbei, um mich zu begrüßen, und der Mops bejodelte mich mit, wie er hoffte, furchteinflößendem Gebell.
Dann aber riet mir der alte Herr, ein Pfefferspray zu kaufen. Es koste 4-5 €, und man könne nicht vorsichtig genug sein, als Frau allein im Wald.
Na Bravo!
Nicht genug damit, daß ich meine Geige versichern soll – jetzt soll ich auch noch ein Pfefferspray kaufen!

Von Rehlein kam ein erfreulicher Brief: Es sei Tag eins einer neuen Zeitrechnung, da Buz nach monatelangem Siechtum plötzlich wieder ganz der Alte sei. Am Abend wäre Buz aushäusig: Eingeladen zu einem Jubiläumsessen im Bioladen.

Zu vorgerückter Stund kam dann noch eine Mail Mings: Man vermisse mich!

Donnerstag, 13. November 2014
Grebenstein

Die Stadt war von zartem Weiß behaucht und eingemurmelt –
später blass und hellbräunlich getönt.
Frisch und schön

Ich träumte:
Bei Nacht, im Schein der Straßenlampen lief ich durch einen Ort. Dummerweise hatte ich vergessen, die Lottoscheine abzugeben, wie es mich beim Laufen leicht ärgerlich stimmend bewehte.
Eine entgegenkommende Dame machte mich darauf aufmerksam, daß mein Unterhöslein ganz stark unter meiner sehr abgewetzten schwarzen Hose hindurchschimmern würde. Ich verbog mich, so gut ich eben konnte, spiegelte meine Gesäßregion in einem Fenster, und tatsächlich: Man sah das simple, an eine geschmacklose Tapete erinnernde Blumenmuster des kleinen Textilstückchens erschütternd deutlich hervorschimmern.
*An der Bushaltestelle stand Herr Reimer, der einen wichtigen Preis **nicht** bekommen hatte, und sich über diese Schmach mit einem Lächeln hinwegzuretten suchte. Doch es*

handelte sich um ein ganz fremdes, fast sardonisches Lächeln. Zum Lächeln öffnete er leicht den Mund und entblöste eine Reihe winziger Zähnchen, die allesamt gleich kurz zu sein schienen. Ein häßlicher Anblick, so daß man froh sein durfte, daß er nur matt von der Straßenlampe beleuchtet wurde.

Schließlich erhob ich mich zu einem Neuaufguss des gestrigen Tages.

Mit etwas Glück und Mut könnte ich meine Einsamkeit hinwegdämpfen:

Die Katharina fährt am Samstag nach Rottweil, um etwas Öl in eine zweifelhafte Liebelei zu gießen, und ich wiederum könnte mir jetzt tatsächlich einen netten Lover an Land ziehen: Burgi! Gestern schrieb er, daß er sich von seiner Frau, die er doch erst vor kurzem geheiratet hatte, trennen würde.

Damals hatte er viele wunderschöne Fotos gepostet, denen zu entnehmen war, daß die Frau leider keine Schönheit ist, er jedoch vor lauter Verliebtheit kaum aus den Augen blicken konnte, so daß er dies wohl nicht bemerkt hatte?

Die Liebe, die sie zunächst füreinander empfunden hatten, habe sich im Alltag nicht aufrecht halten lassen. ← So schrieb er.

Sie seien aber gute Freunde geblieben, und leben nicht besonders weit voneinander entfernt.

Ich loste aus, dem Burgi zu schreiben, und überraschend für mich selber, wurde der Brief sehr persönlich: Es schiene mir auch äußerst mühsam, - so ich - zwei verschiedene Temperamente auf

Dauer gescheit zu synchronisieren, und die Kronjuwelenhochzeit (75 Jahre!) zu erleben, ist nur den wenigsten von uns vergönnt.
Doch! Meine Eltern könnten die noch erleben! geriet ich in Plauderschwung, und verriet gar, wie die Omi über meinen Papa früher oft: „Gott ach Gott, der dumme Junge!" ausgerufen habe. Doch da sie dies bei jeder Gelegenheit tat, schmerzten diese kränkenden Worte mit der Zeit nicht mehr allzu sehr.

Im Supermarkt traf ich die gute Fee von Grebenstein, Frau Klein.
Ihr Mann sei erst gestern aus dem Krankenhaus entlassen worden. Ja, die Gerüchte stimmen – leider! Er sei geistesversunken vor ein Auto gelaufen, sagte die seelengute Frau, die gern und auch in außerfamiliären Angelegenheiten als Samariterin, bzw. Schicksalsmittragende unterwegs ist, und doch wirkte sie heut – mit einer güldenen Haarspange über dem Ohre verschönt, - blass und mitgenommen.
Ich mußte direkt ein wenig Obacht geben, nicht gar zu schnell zu anderen Themen hinzumodulieren, bzw. dem Entsetzen, das sich auch in mir auf die Kürze noch gar nicht richtig entfalten konnte, seinen Raum zu geben.
Beinahe hätte er ein Bein verloren, doch durch die Transplantationskünste der Ärzte ließ es sich ja doch erhalten, und nun sei alles wieder im grünen

Bereich. Frau Klein lächelte matt, - Sehnen, Muskeln und Adern mußten mit feinsten Nadeln kunstvoll wieder zusammengenäht werden, - nun aber kämen die Rechnungen!
Heute wollte sie sich ein bißchen hinlegen, doch ihr Mann drängte darauf, daß sie erst einmal die Rechnungen überweise!

Ich schrieb dem Johannes Neckermann u.a. die lustigen, selbst ersonnenen Geschichten über den Echopreisträger Jan S., und wie man für Vibrato und Rubato einen Aufpreis zahlen müsse.

Freitag, 14. November
Grebenstein

Geheimnisvoll verhangen

Wieder räkelte sich am Morgen eine Neuausgabe des gest- und vorgestrigen Tages, indem man sich in bergenden und doch einsam stimmenden Jahresausklangsnebel hinein erhob.
Am Morgen schwieg die AOL-Dame*, auch wenn, laut Ming, ein Schweigen sehr beredt sein kann.
*Die freundliche Frauenstimme in meinem Läptop, die mir zuweilen einen Brief ankündigt: „Sie haben Post!" (so sagtse)

Ich joggte, und erwog dazu, hernach die Familie Wyss zu besuchen, denn was solle man sonst ins Diarium schreiben?

Das Haus der Wyssens stand in meiner Vorstellung ganz einsam am Hang und schien so fern, als stünde es im fernen Amerika. Doch in Wirklichkeit ist es kaum 300 Omi Trippelschrittchen entfernt.

Nachdem ich zuende gejoggt, und soeben im Begriffe war, vom Burgberg auf die Straße einzuscheren, streiften meine Gedanken auch mal wieder die Tante Bea, die ich gedanklich bereits sträflichst vernachlässigt hatte. Die Gedankenfülle, die sich noch im Sommer fast aufdringlich um die arme Bea geballt hatte, war geschrumpft, erlahmt, erkaltet und schließlich zerbröselt, wie die dünnen Beine einer verstorbenen Spinne.

Sie ließ die Bea los, und die Bea schnurrte auf Erbsengröße zusammen, und schließlich tausende Kilometer hinweg.

Stattdessen pflege ich jetzt an Herrn und Frau Reimer zu denken:

Sie hatte ihm ein so wundervolles, würdevolles Requiem organisiert, – aber wie hätte *er* es im umgekehrten Falle gehandhabt?

Fahrig eine Beerdigung in Auftrag gegeben, und sich vollaufen lassen?

Ich loste aus, einen Brief an Rehlein zu schreiben, und regte darin an, mal wieder die Tante Irma aus

Kiel einzuladen, zumal Rehlein doch in einem ihrer letzten Briefe geschrieben hatte, daß es still geworden sei „um uns Alte!"

Nun aber glaubte ich, Rehlein im Hintergrund zu meiner schönen Anregung stöhnen zu hören. „<u>Du</u> und der Wolf!"
← *Dies sagt Rehlein oft, und hinzu bar jeglicher Logik und niemals schmeichelhaft gemeint, und dabei hat Buz mir so viele schöne Eigenschaften vererbt, die eigentlich besungen werden wollen.*

Aber letztendlich bin ich eine Mischung aus meinen beiden Omas Mobbl und Ella, und deswegen besuche ich auch die Edith so gerne, da sie ebenfalls eine, wenn auch etwas anders zusammengesetzte Mischung aus Mobbl und Ella ist:

Redet wie die Ella, und hat den Charakter von der Mobbl.

Und so modulierte ich in meinem Schreiben auch gleich weiter, um zu berichten, daß die Tante Irma (Opas Schwägerin) in vielen Punkten nicht so ganz zu der Familie Rothfuß (Rehleins Ursprungsfamilie) passen würde. – Z.B. hält sie es für unbedingt erforderlich, daß zum Heimgang eines lieben Menschen ein Kranz gespendet wird.

„Um Himmels Willen!" sagt wiederum der Opa zum selben Thema, und ist dieser Meinung nicht. Und doch gerieten alle vier Kinder von der Irma nach den Rothfuß's, so daß die ihr bis heute ein Rätsel sind.

Ich bemalte die Feli.

„Mündig" benannte ich das „Subjekt", da es die Feli nun seit vier Tagen ist. Doch gratulierende Worte sparte ich mir, weil ich die als anstrengend und überflüssig empfinde. Stattdessen philosophierte ich das junge Ding an:

...was bedeute, daß sie nicht mehr auf ihre Eltern hören müsse, und aber – und hier an dieser Stelle schien ich den wedelnden Zeigefinger zu bemühen, bzw. mit der Wedelei kurz innezuhalten, um selbigen straff in die Höhe zu recken um ihn dort eine Weile reglos verharren zu lassen – ihr Zimmer nun zeitnah besenrein hinterlassen möge.

Ich schilderte die ausgeprägte Friesenlogik eines Bodo Olthoff bei der Aufzucht, und wie er seine Tochter Gerswind des Hauses verwies.

Die Friesen meinen, die jungen Leute müsse man zeitig aus dem Hause weisen, damit sie schwimmen oder fliegen lernen, und dann hofft man, daß sie nach einigen Jahren mit einem Koffer voller Gold wieder vor der Türe stehen, und sich dafür bedanken, rechtzeitig ins rauhe Leben hinausgeschickt worden zu sein.

Doch stattdessen hing die „Dame Gerswind"* nur bei uns herum, um der Liebe zu leben.

*So wurde sie von unserer Omi Mobbl leicht boshaft genannt

Ich freute mich auf die reizvolle Prädämmerstunde und lief ins Städtele hinaus. Meine Beine trugen mich bis zur Ulla, die an einer Stelle lebt, wo die Stadt leider aufgehört hat, schön zu sein.

Die wunderschönen sandfarbenen Ziegel, bzw. Frisuren der Häuser enden, um lackierten blauzungenkrankheitsfarbenen Ziegeln, mit denen die Neureichenhäuser bedeckt sind, Platz zu machen.

Ich schlenderte durch den Riethweg und dachte über meinen von der Oma geerbten, welken Freundeskreis nach.

Bei Roses leuchtete in der Küche ein mattes Licht, und von Frau Andreas spürte man gar nichts.

In jenem Viertel, wo man sich Ullas Heim nähert, lebt ein Patriot, der sich eine riesengroße Flagge in den Garten gepflanzt hat, und *ein* Haus schaute ausgesprochen putzig aus: Nämlich gar nicht wie ein Haus, sondern eher so, wie ein Konzertsaal von außen: Mit einer riesengroßen Verglasungsplatte durch die man das Treppenhaus schimmern sieht, das in einen spitzen Winkel mündet.

Die Ulla freute sich über mich als Gast, und auf Hessenart war´s ihr auch eine Selbstverständlichkeit, mich hereinzubitten. Doch mein Selbstbewusstsein schien geschnurrt. Über und über machte ich Worte drum, daß ich doch um Himmelswillen nicht stören wolle!

Soeben seien die Kinder da gewesen, erfuhr ich, und der Nils habe einen Schuhfimmel gezeigt, indem er seine ganzen ausgelatschten Schuhe ausmistete.

Die Kinder wären alle mit den Straßenschuhen im Haus gewesen, und ich bräuche doch um Himmelswillen die Schuhe nicht auszuziehen! Etwas, das sich für einen Menschen mit japanischen Umgangsformen anfühlt, als sage jemand: „Sie brauchen doch ihre Hos nicht anzubehalten? Fühlen Sie sich ganz zuhause!" Ich hatte mich bereits gebückt, und war soeben dabei, die Schuhe aufzuschnüren, als Ullas Worte fielen. Da schlug ich lachend einen kleinen Kompromiss vor: „Ich zieh bloß *einen* aus!"
Doch dann ließ die Ulla einfach die Rolläden in der Küche hinabsausen, und dies, wo es draußen so unerhört reizvoll und zauberisch ausschaute. Das störte mich schrecklich, und ich überlegte die ganze Zeit, ob ich ihr dies sagen solle? Doch ich getraute mich nicht.
Wir setzten uns zu einem kleinen Teetrunk nieder, und die Ulla berichtete Schockierendes:
Am 24. Oktober wurde sie zusammen mit ihrer Freundin Rosita Zeugin des jähen Exitus´ eines 61-jährigen Herrn, der auf dem Foto seiner Traueranzeige in der Zeitung sympathisch und gewinnend ausschaute: Auf seinem Motorrad sitzend, prallte er auf eine Verkehrsinsel, flog 17 Meter durch die Luft und blieb regungslos liegen. Als seinem Motorrad Dampfwölkchen entstiegen, bekam die hilfswütige Ulla die Panik und eilte hin. Das Motorrad lag auf den Beinen des Verunfallten und war so schrecklich mühsam aufzustellen.

„Kann mir nicht einer von den starken Männern helfen??!" rief die Ulla bruddelnd-flehentlich in die Runde, weil alle bloß herumgafften.
„Bin selber behindert!" brummte ein unhilfsbereiter Herr.
An den halbgeöffneten Augen des Verunfallten, die einen gebrochenen Blick freilegten, konnte man „es" schon erahnen.
Nach diesem Schock verlangte die Rosita nach einem Notfallgeistlichen, doch die Ulla hielt dies für eine von Rositas Grillen, - wo sie doch überhaupt nicht gläubig sei!
Zu dieser Geschichte dachte ich an 𝔡𝔞𝔰 𝔙ö𝔤𝔩𝔢𝔦𝔫, 𝔡𝔞𝔰 𝔢𝔦𝔫𝔪𝔞𝔩 𝔟𝔢𝔦 𝔲𝔫𝔰 𝔦𝔫 𝔄𝔲𝔯𝔦𝔠𝔥 𝔦𝔫𝔰 𝔉𝔢𝔫𝔰𝔱𝔢𝔯 𝔤𝔢𝔯𝔲𝔪𝔰𝔱 𝔦𝔰𝔱, 𝔲𝔫𝔡 𝔦𝔫 𝔐𝔦𝔫𝔤𝔰 𝔴𝔞𝔯𝔪𝔢𝔯 𝔓𝔦𝔞𝔫𝔦𝔰𝔱𝔢𝔫𝔥𝔞𝔫𝔡 𝔰𝔱𝔞𝔯𝔟.

Traurig lief ich bei Dunkelheit heim, und die Füße trugen mich einfach richtig, ohne daß ich überlegen mußte, wo ich da hinlaufe.
Ich stellte mir Dinge vor, an die ich bei meinem pausenlosen Herumdenken noch gar nicht gedacht hatte: Nämlich daran, wie es wohl war, als man Herrn Reimer in den Sarg gebettet hat? Ein letzter Anblick – dann wurde der Deckel draufgeschraubt. Und wie es wohl war, als sich der Sargwagen den Hang hinabbewegte, und Frau Reimer fassungslos in der Türe stand und diesem so surrealen, sich entfernenden Anblick nachblickte, bevor sie schließlich von der Kälte draußen in die Kälte des leeren Hauses zurückgetrieben wurde?

Ständig fallen einem noch mehr Dinge ein, an denen herumgedacht werden will.
Im Netto dachte ich an Herrn Reimers Bruder Achim. Er sähe seinem verstorbenen Bruder sehr ähnlich, hatte Frau Reimer erzählt, und war ihres Wissens nach noch niemals im Leben mit irgendjemandem verbandelt. Ein Hagestolz wie er im Buche steht. Ob sie sich nun auf *den* besinnen könnte? Er sei etwas schüchtern, und sehr leicht zu beeindrucken…

Samstag, 15. November
Grebenstein

Verhangen und grau

Ich dachte über die Sabine nach, die mir erzählt hatte, daß sie Herrn Frosch nicht „als Mann" geliebt habe. Aber als was sonst?
"Hast Du ihn so sehr als Heiligen verehrt, daß du seine Frau gleich mitgeliebt hast, und von Gedanken wie diesem hier beseelt warst? „Ich sei, gewährt mir die Bitte, in Eurem Bunde die Dritte?!" ← dies hätte man sie mal fragen sollen, doch nun ist's zu spät.
Dann fiel mir ein Traum ein:
Der Musikalische Sommer fand heuer in Schwerin statt.

In etwa zehn Minuten sollte das Eröffnungskonzert beginnen, und mir war eine Stelle in Ysayes 4. Sonate vollkommen entfallen. Der Raum war mit ungezählten fitschelnden Musikanten gefüllt. Alle spielten laut und durchdringend durcheinander, und ich fand keinen noch so kleinen Winkel, wo ich den Mißstand in meinem Kopf hätte ausbessern können – ganz abgesehen davon, daß ich die Noten im Auto vergessen hatte.
In dem hohen Künstlerzimmer war alles so voll, daß ich meine beiden Bögen im Wust dessen, was da alles so herumlag, einfach nicht finden konnte. Erst nach längerem Herumsuchen fand ich zumindest den einen Bogen, der allerdings leicht mit Mayonnaise eingesaut war, da sich jemand einen schmierigen Salat vom Kiosk geholt hatte.
„Leicht" ist gut! Das Bogenhaar der oberen Hälfte schien damit vollgeklatscht wie ein Malerpinsel.

Ich dachte mir aus, daß es vermutlich ein Student mit Namen Gustavo war, der Herrn Reimer an den Rand des Wahns gebracht hatte? Jeden Abend sah er mich mit dem Gustavo im Sonnenschein auf der Bank vor der Musikschule sitzen und scherzen.
In seiner Fantasie machten wir uns lustig über ihn alten Sack.
„Jürgen, wo bist du mit deinen Gedanken, huhu?" säuselte Frau Reimer und wackelte mit ihrer Hand vor seinen Augen herum, während er sich gerade etwas ausgedacht hatte, wie man den ungeliebten Rivalen wohl raffiniert beiseite schaffen könne?

Vor dem Fenster sah man den Herrn vom Haus Nummero sieben beim Rasenmähen. Spricht man ihn an, so ist er immer sehr freundlich. Doch hab ich nicht erst neulich gelesen, daß in Deutschland zirka zehn Serienmörder unter uns leben – eventuell in Form „des netten Nachbarn von nebenan?" Und seither überlege ich mir bei jedem netten Nachbarn den man so sieht, ob das wohl einer von den Zehnen sein *könnte*?

Gegen Abend stahl sich wieder die furchteinflößende Schwärze der Nacht in die Stube, und wieder war keine Post gekommen.
Morgen früh galt's die Wohnung besenrein zu hinterlassen, um nach Wurzeldorf aufzubrechen.
Ich tippte Rehlein und Buzen einen finalen Brief zusammen, und erzählte plastisch vom Kantor Roller, mit dem zusammen ich morgen konzertiere: „Trotz des gewichtigen Doktortitels wirkt der fleißige, fromme und engagierte Herr wie ein Bub!" ließ ich nach Art einer höheren Tochter wissen.

Sonntag, 16. November
Grebenstein – Nürnberg (Gasthof „zum Lamm")

Regen. Ab Nachmittag leichte Wetterbesserung

Der Frauke schrieb ich, daß ich nach außen hin gar nicht um Herrn Reimer trauern würde, doch seitdem ich Kunde von seinem Exitus erhalten habe, hätte ich nicht den geringsten Appetit mehr. Höre ich das Wörtchen „Käsekuchen", (ein Vorschlag Fraukens, meinen Geburtstag „würdig zu begehen"), so dreht sich mir der Magen um. Das Einzige, was ich noch ein bißchen essen könne, sind ganz saure Orangen, aber davon reicht eine.

Ein Brief von Johannes Neckermann aus Übersee war gekommen. Dieser Brief rührte, belustigte und verstörte mich gleichzeitig nachdrücklich:
Daß eine in großem Übermut dahingetippte Scherzelei so überaus ernst genommen worden war? Es ging um meine spaßhaft gemeinten Worte über den Starcellisten Jan S., der zum Jubelpreis von nur 8000 € in unserem „Musikalischen Sommer" aufgetreten sei, - und der Johannes glaubte nun tatsächlich, er habe Vibrato, Rubato und die Wiederholungen weggelassen, weil dies einen saftigen Aufpreis zur Folge gehabt hätte?
„Ja spinnen die heutigen Musiker denn total??" ließ er seiner Fassungslosigkeit freien Lauf, und *einen* Satz empfand ich grad in seiner Derbheit als berührend: „…und wenn der Komponist ein Wiederholungszeichen dahinmacht, dann soll der Arsch die auch gefälligst spielen!" Belustigt, aber

auch mit Bedenken leitete ich diese Mail an Rehlein weiter.

Auf der Autofahrt dachte ich wieder über Herrn Reimer nach: Jetzt, im Schatten der vielleicht bewegenden, so jedoch völlig unpassenden Reden, die zu Ehren des Verblichenen gehalten worden waren, bekam auch „der Fall Baynov" der die Stadt Trossingen in den Wintermonaten 1992/93 bewegt hatte, eine völlig neue Kontur:
Herr Reimer hatte zwei junge Fräuleins, die ihre Prüfung vergeigt hatten, dazu angestiftet zu behaupten, der Lehrer Baynov habe sich ihnen nicht nur unsittlich genähert, sondern auch noch damit gedroht, daß sie die Prüfung nicht bestehen werden, wenn sie nicht mit ihm in die Kiste hüpften.
Es kam zu einem Aufsehen erregenden Gerichtsprozess, in dem Herr Baynov schließlich in zweiter Instanz freigesprochen wurde.
Und woher ich dies wisse, daß dies so war?
„Weil er das Spielchen auch mit mir versucht hat!"
Er wollte mich dazu bewegen, zu behaupten, daß auch mein Vater seinen Schülerinnen mit dererlei zu drohen pflege. Er kenne nämlich noch einen anderen Fall, der genauso sei! begründetet er den Verdacht, bzw. das *Wissen*, das er in Folge seiner schweren Wahnerkrankung zu haben glaubte, mit einem scheinbar gewichtigen, in den Sinnen eines normal Tickenden jedoch absurden Argument.

„Bevor du es nicht ENDLICH aussprichst, rede ich kein Wort mehr mit dir!" sagte der sich allwissend dünkende Wahnkranke düster, nachdem er sich während des Professurverfahrens die ganze Zeit immer nur in Andeutungen erging, so daß es vor Gericht Mühe bereitet hätte, das böse Spielchen zu beweisen, das er da so trieb.

Worzeldorf – ein Name wie aus einem lustigen Kinderbuch - ist leider ein höchst trostloser Stadtteil von Nürnberg.
Kantor Roller saß bereits übend an der Orgel. Er lacht oft laut, dröhnend und fröhlich, und hat eine entspannende und angenehme Wellenlänge.
Ich staunte nicht schlecht: Als ich nämlich mit Bachs G-Dur Sonate anhub, war's ja doch jene in A-Dur, die der Meister vorbereitet hatte. Doch das war kein Problem für mich, da ich ja alle sechs Sonaten ständig abrufbereit im Kopf habe.
„Kein Problem!" sagte ich warm, und blätterte ein paar Seiten zurück.
Während der Rheinberger-Suite näherte sich eine Gestalt. Seine Frau, wie sich herausstellte, die zum Umblättern herbeikommandiert worden war, und eine Spur länger ist, als der eher gedrungen und kurzwüchsige Herr Roller.
Herr Roller scheint immer fröhlich.
Bald schon verabschiedete er sich in die Mittagspause, und das Wetter wurde immer freundlicher.

45 Minuten lang übte ich emsig an meiner Rheinberger-Suite, bis Herr Roller wieder zurückkehrte.

Leider war die Lichtröhre an der Orgel ganz plötzlich kaputt gegangen, und darüber seufzte Herr Roller sehr.

„Vielleicht gibt es irgendwo eine Stehlampe?" deutete Buz in mir vorsichtig an.

„Ja, so etwas liebe ich!" seufzte Herr Roller, der die eindörrende Stunde vor dem Konzert womöglich gerne anders genutzt und sich lieber gescheit eingefingert hätte.

Vor dem Tore zeichneten sich bereits die Umrisse zweier musikinteressierter Fränkinnen ab.

Eigentlich müßte ich ja in der Meistersingerhalle spielen – doch ich spiele im trostlosen Worzeldorf, und Konkurrenz gäb´s heut auch: Das Brahms-Requiem in der Innenstadt.

Später gab´s eine Aufregung:

Ein leicht an den Lehrer Großmann in Aurich erinnernder Herr mit Wamperl, einem eisgrauen Vollbart und einem Brillengestell auf dem Nasenrücken, durch das einen belustigte Augen anschauen, - mit einem stark blutenden Finger.

Der hilfsbereite Herr war Herrn Roller mit der Röhrenlampenauswindung zur Hilfe geeilt, und dabei war die Lampe explodiert. Aufgeregt suchte Herr Roller einen Verbandskasten, doch der Herr, der für die Presse arbeitet, und später noch ein Foto von uns schießen sollte, nahm´s mit Humor:

Er habe gedacht: Ein Glück, daß dies nicht der Finger von Herrn Roller war!

Das leicht angewärmte hohe Zimmer, wo ich mich umkleiden durfte, empfand ich als sympathisch. Ebenso die Aussicht in den zarten Abenddämmer. Allerdings war ich als Entblößte eventuellen Blicken doch sehr ausgeliefert.
Ich stellte mir etwas vor:
„Noch tiefer empfunden - neue Rezeptur!!"
steht ab sofort auf meinen Plakaten.

Ich hatte ein bißchen vergessen, meinen Mitspieler Roller während der einzelnen, würstelartig aneinander gereihten Werke mit einem Lächeln zu bedenken – dies holte ich nun nach der Rheinberger Suite nach, und schüttelte ihm kräftig die Hand. Er, der ein Kreuzerl um den Hals trug, verbeugte sich überschwenglich und sehr rasch und tief zu mir hin. Dann war´s vorbei.
Herr Roller meinte, nun er sei ziemlich platt. Zuerst hatten wir uns auf ein Honorar von 250 € plus Hotelübernachtung geeinigt, aber war das nicht doch allzu mager? Und hatte ich nicht viel zu freudig zugesagt? Solcherart, als sei dies eines meiner bislang absoluten Spitzenhonorare gewesen?
Doch Herr Roller selber schlug vor, das Honorar auf 300 € aufzustocken, denn es waren immerhin 228 € Spenden eingenommen worden, und sonst

hätte die Pfarrerin der Pfarrkasse ja nur magere 22€ entnehmen müssen?

Ich fuhr in den Stadtteil Kornburg zum „weißen Lamm". Halt! Zuvor hatte ich noch die Kinder von Herrn Roller kennengelernt: Jonathan und Dorothea die mit ihrer Mutter im Windfang standen. Sehr nette Kinder, wie ich fand: 12 und 13 Jahre alt!
Das Ausparken hinter der Kirche in die verhauchte, dunkle kalte Nacht hinaus bereitete mir Pein.
Es galt nämlich, auf einer Wiese zu wenden, von der man doch gar nicht sicher wußte, ob dies wirklich eine Wiese war, oder nicht doch ein Teich oder Sumpf, auf dem etwas Gras schwamm?
Na, nochmals gut gegangen.
Aus dem Gasthof „Lamm"" humpelte ein alter Mann auf Krücken, und als sei's des Unglücks nicht genug, hatte dieser Herr auch noch so eine wüste Frau. Erst rief sie ihm etwas Schmähendes zu, dann fluchte sie über den Schlüssel.
„Ewig dieser Scheißschlüssel!" sagte sie ordinär.

Abends im Gasthof:
Ich bestellte mir einen knackigen Gemüseteller mit Salzkartoffeln, und auch wenn er leider unkünstlerisch ausschaute, so war das Gemüse wirklich all dente. Ein Lob dem Küchenchef! Kohlrabi, Möhren, Blumenkohl und Brokkoli. Ich las „Frauen im Spiegel", oder auch „Frau im Spiegels".

Z.B. über Fritz Wepper, jenen Schauspieler, der von Rehlein von ganzem Herzen nicht leiden gekonnt wird.

Ein Alptraum für uns als Familie wäre, wenn das ZDF den Skandal um den Raub des Musikalischen Sommers verfilmte, und Buz von Fritz Wepper gespielt würde.

Er schwängerte eine Dame namens Susanne K., und zeugete somit außerehelich die kleine Filippa, die man aus Datenschutzgründen leider nur von hinten sehen durfte.

Dies ist schon ein paar Jahre her, und auch Ehefrau Angela schloß die beiden außerehelichen Damen ihres Mannes ins Herz.

„Ich habe keine Lust mir den Rest des Lebens mit kleinlicher Eifersucht zu vermiesen!" wird die 72-jährige zitiert, die ja immerhin auf einem Satinkissen des Triumphthrones sitzt, wenn man so will? Und doch knisterte es ein bißchen, und vielleicht steht man ja doch unmittelbar vor einer schrecklichen Zerwürfnisexplosion?

Kaum haben sich die „Frau im Spiegel"-Reporter wieder verzupft, da geht es folgendermaßen her:

„Ich verzeihe Dir!" sagt die Angela großspurig zu ihrer Nebenbuhlerin.

„Du brauchst mir nicht zu verzeihen, weil ich mich nicht schuldig fühle!" sagt Susanne K. arrogäntlich nach Art vom bösen Uschilein← (und schon kracht´s).

Fritz Wepper, der Justus Frantz der Schauspielkunst, badet in einem Alter, wo von Herrn Reimer nurmehr ein kleines Aschehäuflein übrig ist, somit in spätem Vaterglücke.

Dann las ich über die Hochzeit von Veronica Ferres, die 5 Millionen € gekostet habe.
Man mietete ein prunkvolles Luxushotel an der Cote d´Ázur, und holte sich illustre Gäste wie beispielsweise Altkanzler Schröder in Luxuslimousinen vom Flughafen in Nizza ab.
Der Bräutigam Maschmeyer schaute aus wie eine giftige Biene. Allerdings eine, die hochzeitsgemäß in eine hysterische Seligkeit verfällt, die sich im Alltag jedoch erfahrungsgemäß nur schwer halten lässt.

VeroniCarsten

nannte sich das Paar auf der Hochzeitseinladung in Goldlettern, da es sich nun als untrennbare Einheit empfindet.
Auf die ehemalige Kartoffelverkäuferin wartet somit ein Leben wie im Märchen oder wie im Schlaraffenland.
Am Arme ihres 83-jährigen greisen Vaters schwebte sie zum Altar, und nur ein Wermutstropfen trübte das Glück: Ihre Mutti, die vor einigen Jahren verstorben ist, schaute der Feier – wenn überhaupt – nur von OBEN zu.

Montag, 17. November
Nürnberg (Gasthof „zum Lamm") – Grebenstein

Ziemlich freundlich.
Gegen Nachmittag
bedeckte sich der Himmel dann ein wenig.
Dahingetupfte Wolken

Ich dachte an die Worte von Frau Reimer zurück: Zeitgleich der Bekanntschaft mit ihrem Jürgen wurde sie Tante, und somit mußte sich das junge Paar ständig das Baby ausleihen, weil man sich an diesem appetitlich propperen kleinen Bündel einfach nicht sattsehen konnte.
Folgendes hätte man Frau Reimer erzählen können:
Als ich einst, als 15-jährige, in der Bremer Musikhochschule das Tschaikowski-Konzert spielte, saß Herr Reimer in der Kommission, und seither bin ich ihm nicht mehr aus dem Kopf gegangen. In den vergangenen 36 Jahren habe er jede Nacht von mir geträumt, und ich selber träume auch gelegentlich von den Eheleuten Reimer, - allerdings immer und ausnahmslos Verdrießliches, - da ich auch darüber hinaus immer und ausnahmslos Verdrießliches träume, und was ich da alles schon zusammengeträumt habe, das ginge auf keine Kuhhaut!

Auf dem Parkplatz in der Sonne rang ich Ming an ← vergebens! Der Kontakt scheint abgerissen.

Auf meiner Heimreise wurde die Idee geboren, Onkel Döleins alte Freundin Bärbel in Hünfeld zu besuchen, wenn schon Onkel Dölein selber für mich unerreichbar scheint.
Mitten auf der Autobahn ließ ich die Navigatöse die Straßen von Hünfeld durchblättern, um meinem Gedächtnis ein wenig auf die Sprünge zu helfen. Doch dann kam ich von alleine drauf: Friedlandstraße!
Die Friedlandstraße finde ich leider häßlich, doch mehrere Irgendjemande haben dort mal ein Häusle für sich und ihre Lieben gekauft, um den Rest des Lebens in der Friedlandstraße in Hünfeld zu verbringen, und dabei ist doch die Welt drumherum so schön und groß!

Vor dem Anwesen von der Bärbel stand eine schwarzlackierte Limousine.
𝔚𝔞𝔤𝔫𝔢𝔯 stand in schönen Lettern, wie diesen hier, auf dem Klingelschild.
Es öffnete mir die Bärbel selber.
„Nein!" rief sie erfreut und strahlte, und auch ich freute mich sehr über das Wiedersehen.
Die Bärbel ist reif und füllig geworden.
Wir saßen in ihrem Wohnzimmer mit den fächerförmig ausgebreiteten Fensterscheiben, die

einen poetischen Blick in den tiefen Spätherbst anbieten, und erzählten aus unserem Leben.

Über die Familie seufzte die Bärbel kurz unmerklich, um dann allerdings zu sagen: „Es ist alles ganz wunderbar!" Sie zeigte zwei Fotos von Marie und Olivia, den beiden kleinen Töchtern ihrer ungeheuerlich plapprig veranlagten Tochter Julia, - stellte die Enkel allerdings überhaupt nicht ins Zentrum der Erzählungen, weil die eben einer gänzlich anderen Generation angehören.

Auf dem Tischlein vor dem Sofa hatte die Bärbel Früchtetee und großformatige Lebküchen aufgetischt.

Jetzt läßt sich die Bärbel, die sehr viel reist, auch noch zur Hospitzschwester ausbilden.

Dies ist wohl *ihre* Art, die Fühler bereits jetzt neugierig nach dem Jenseits auszustrecken? mutmaßte ich, während ich mir einen angebotenen Lebkuchen griff.

Das Abenteuer, Menschen auf dem letzten Wege zu begleiten, sofern es sich dabei nicht um seine Liebsten handelt, ist gewiss nicht ohne Reiz, und ich brachte ein paar sehr untypische Worte über den Tod an - geschöpft aus den frischen Erfahrungen mit dem Exitus von Herrn Reimer:

Der Tod sei unser bester Freund.

Zuverlässig wartet er an irgendeiner Wegbiege des Lebens auf uns. Ich selber sehne mich sehr oft

nach dem Tode, und bin der Meinung, man solle Lust auf den Tod schüren, statt die Todeskandidaten in Angst und Furcht zu halten! Nein. Dies sagte ich in diesen Worten natürlich nicht.
„Hoppla! Hat sie nicht vorhin gesagt, es täte ihr leid, daß meine Eltern gestorben seien?" stolperte die Bärbel in mir über einen scheinbar juvenilen und gedanklich unausgegorenen Wiederspruch.
Ich berichtete vom einst todkranken Professor Hamann, der die mitfühlenden Fragen und die unfrohen Blicke der Kollegenschaft eines Tages einfach nicht mehr ertragen konnte. Als Buz ihn mitfühlend frug, wie es ihm wohl ginge, polterte der Professor lauter als beabsichtigt: „Bravo! Du bist der Dreihundertste der mich dies heut frägt!" Herr Hamann sehnte sich nach einem Satz wie diesem hier: „**Du** hast es gut, Gerhard! Du hast es bald hinter Dir – *ich* muß mich womöglich noch zwanzig Jahre auf Erden herumplagen: Ehezwisteleien, Zahnschmerzen, finanzielle Engpässe, deprimierende Blicke auf meine lichter werdende Vegetation auf dem Haupt im Spiegel, aus Runzeln werden Runen….."
Nein, die Bärbel hat nicht die richtige Wellenlänge zu mir, und mein Erzählschwung in ihrer Aura ist etwas gebremst. D.h., ich rede, moduliere, und habe das Gefühl, in Gefilde zu gelangen, die die Bärbel mit ihrer strickten Lebenssicht nicht gutheißen kann.

Sie erzählte von Ausstellungen, und beim Stichwort „Nolde" modulierte ich rasch zu Werner Weckwerth hin, denn das Werner-Weckwerth-Museum befindet sich nur einen Steinwurf vom Nolde-Museum entfernt. Es scheint gänzlich unbekannt, ist aber um so vieles schöner!
Die Bärbel zeigte dazu ein sonniges Gesicht, doch so ein richtiges Interesse schlug mir nicht entgegen, auch wenn ich die schönsten Worte über diesen leider unbekannten Maler zusammenklaubte, die man sich überhaupt nur vorstellen kann.

Daß Pfarrer Abel in Rente gegangen sei, dies wurde sogar in den Gazetten erwähnt, erzählte die Bärbel.
Ferner sprachen wir noch über Onkel Dölein, der auch hier in Hünfeld oft vermisst wird.
Vom E-Mailen hält die Bärbel nichts – zu unpersönlich. Florida würde sie nicht reizen.
Und dabei war sie doch noch niemals dort.
Verstehe einer die Erwachsenen!

Später joggte ich hinter dem Rasthof Hasselberg.
In meiner Nähe spazierte ein ganz schwarzgekleidetes Ehepaar – aussehend, als sei's der Gevatter Tod mit seiner Ehefrau.

Abends daheim in Grebenstein:
15 Mails. Größtenteils Schrott wie immer.

Rehlein hatte zwar ganz süß geschrieben, doch auf den so belustigenden Brief vom Johannes Neckermann war Rehlein mit keiner Silbe eingegangen.

Abends rief der süßeste Ming an. Ming hatte gesehen, daß ich so oft angerufen hab.

„Hast du mich gebraucht?" frug der süße Ming derart anteilnehmend und nett, wie´s eben nur Ming kann.

„Ich brauche dich immer!" sagte ich warm.

Ming war in den Supermarkt entsandt worden, und das Julchen daheim schaute „Altersglühen".

Da wurde es mir plötzlich leicht peinlich, diesen senioren- oder sogar moribundenlastigen Film derart gepriesen zu haben, denn vor meinem Inneren *tauchte das Julchen mit leicht versnobtgelangweilter Miene im Fernsehsessel auf.*

Dienstag, 18. November
Grebenstein

Grau – verhangen

Als um 7:15 der Wecker tönte, hatte ich soeben fantastisch geschlafen. Etwas, was man leider erst bemerkt, wenn man dem Behagen enthoben wird. Hinzu war ich auch noch einem verdrießlichen Traumgebilde entrupft worden, wo ich sehr gerne miterlebt hätte, wie es wohl weitergegangen wäre. (Vergessen!)

Frühstück bei der Ulla:
Ich berichtete vom gestrigen Besuch bei Döleins Freundin Bärbel, um das Fokussierungsglas auf jene Frauen unter uns zu richten, die so ein striktes Weltbild haben, an dem nicht gerüttelt werden darf, und denen wohl leider auch die Rosita zuzurechnen sei?
Die Ulla lächelte zu diesen Worten wissend, und fast ein bißchen gerührt, da die Rosita für sie ein Urgestein und Original ist – ein scheinbar unerreichbares Idol, denn einen noch größeren Unterschied zwischen zwei Damen kann man sich gar nicht vorstellen – und während ich noch erzählte, fiel mir ein, daß die Ulla doch auch strikte Weltansichten hat.
Doch anders als bei den anderen, hat man in seinem eigenen Weisheitstroge sitzend, eher nicht das Gefühl anzuschrammen, und sich einen Stich von einer gegnerischen Lanze einzufangen.
Ich erzählte vom gestrigen Film „Altersglühen", und die Ulla molk angestrengt an ihren vermeintlich alzheimerverklebten Hirnzitzen herum, ob sie den wohl auch schon gesehen habe?
Nein, sie habe einen Film über Afrika angeschaut, und nun holte sie das Afrika-Buch, und auch den Atlas herbei, um interessiert nach einem Fluß namens Kongo Ausschau zu halten, den ich mit

meinen alterstrüben Augen auf der Landkarte schon gar nicht mehr ausmachen konnte.

Dann fiel mir eine Lustigkeit ein, über die ich lachen mußte: Ich hatte von Omis Spazierstock erzählt, der auf mich und mein Altern warten würde, und nun machte ich mir laut Gedanken, wie das wohl in 50 Jahren ausschauen könnte?

Bis dahin wohnt das Pröppilein in Omis Wohnung mit dem gebogenen Spazierstock an der Wand, und alljährlich, wenn der Winter vor der Türe steht, wird gesagt: „Ja, die Fensterrahmen, die werden den Winter wohl kaum überleben!"

Der Janosch ist bis dahin ein ruhiger älterer Herr, während seine nesthockerisch veranlagten Kinder oben im Dachgebälk markerschütternde Musik abspielen.

„Geht´s auch ein bißchen leiser!" ruft er hi und da bar jeglicher Autoritätskräfte durchs Treppenhaus, so wie heut sein alter Vater.

„Das ruft grad der Richtige!" lacht das Pröppilein, da es ja aus meinen vielen Tagebüchern weiß, daß der Janosch früher auch nicht anders war.

„Und wer wohnt wohl *hier*?" sagte ich, wie schon so oft im Leben etwas Mutmaßendes, um gleich selber rumzumutmaßen, wie es nun mal Klatschbasenart ist.

„Es wird wohl verkauft sein" meinte die Ulla gefühlsneutral, da sie bis dahin ja schon lange neben ihrem Michael auf dem Friedhof liegen dürfte.

Und dann war ich plötzlich an einem ganz neuen interessanten Erzählpfad angelangt, auf dem man sich nun doch sehr geschmeidig bewegen konnte: Ich sprach vom Evchen! Jener einst jungen Kollegin von der Omi, die sich an die Omi drangeheftet hatte, und erzählte von ihrem geplanten Selbstmord und den hochaggressiven Briefen in Omis Schatztruhe.

„Ich weiß nur, daß sie „Evchen" heißt", sagte ich, und ließ auch das schöne gemeinsame Weihnachtsfest im Jahre 2001, an dem wir uns auf´s vertrauliche „Du" geeinigt hatten, nicht unerwähnt.

Die rührende Ulla hatte sich schon ausgedacht, daß sie mit mir nach Hofgeismar fährt, um mir zu Ehren meines Geburtstags eine Freude zu machen. Ich solle mir ein schönes Geschenk aussuchen.

Später stieg ich in ein rosa Jäckchen, in welchem mich spontan das Gefühl befiel: „So möchte mich die Bea sehen! Amerikanisch, und wie es sich für eine reife Amerikanerin ziemt – in rosa! Dann schossen wir sogar ein Foto – extra für die Bea. Es bräuchte nicht besonders zu sein, so ich, denn die Bea in ihrem hektischen Zeitgeiz schaue immer nur ganz flüchtig drauf, und klicke es sofort wieder hinweg.

Ich erinnerte mich, daß ich gelobt hatte, Frau Schinke anzurufen, aber Frau Schinke meldete sich nicht.

„Was machen fast 81-jährige Damen um diese Uhrzeit?" frug ich mich unfroh, da ich Frau Schinke im Laufe der Jahre liebgewonnen habe, und sie lieber sicher in ihrer Wohnung wüßte!
„Arzttermin!" mutmaßte die Ulla realistisch.
Übers Dreschen und Verdroschenwerden hatten wir Damen auch noch referiert:
Ullas Papi drosch noch mit einer Riemenvorrichtung, die bei denen an der Wand hing, und heutzutage nur noch für Sadomaso-Praktiken genutzt wird.
Ein Dreschgerät das allerdings Ullas Bruder Jürgen als einzigem Sohn vorbehalten blieb.
Bei der Aufzucht mußte auch Mutti Ulla zuweilen den Kochlöffel bemühen, wenn's die Kinder mit ihren Übermütigkeiten gar zu weit trieben.
„Haha! Das hat ja gar nicht weh getan!" wurde die engagiert Erziehende auch noch bespöttelt.
Dazu lächelte die Ulla leicht und berührend.
Ullas mittlerweile lang verstorbener Mann Michael als vielfach verdroschener Mensch lehnte körperliche Gewalt aus vollem Herzen ab, aber als es die käbbelnden Buben hinter ihm im Auto mal zu weit trieben, hieb er ins Blaue hinein auf Dirigentenart einfach nach hinten, wobei der Nils ein Veilchen davontrug, von dem er jedoch keinen bleibenden seelischen Schaden zurückbehielt.

Das Bestreben, endlich im Alltag Tritt zu fassen, baumelte vor mir herum, und hing einfach eine Spur zu hoch für den Moment.
Zum Bejubeln gab´s allerdings auch etwas:
Den Brief vom Finanzamt, der schon vor drei Tagen gekommen war, und der sich anfühlte wie ein Haftbefehl, so daß ich den gar nicht öffnen mochte. Doch dann war´s ja gottlob doch „bloß" ein beamtlicher Bescheid in Rehleins Sinne:
Daß ich € 0,00 zu entrichten habe.

Fahrt mit der Ulla nach Hofgeismar:
Im Auto erzählte ich die empöööernde Geschichte von der bösen Frau im KFZ-Amt von Hofgeismar, und im Wirbel dieser entrüstungstreibenden Worte an diesem kühl-feuchten Herbsttag trafen wir in der benachbarten Kreisstadt Hofgeismar ein.
Wir besuchten einen edlen Weinladen, wo es auch andere gehobene Geschenke gibt, und die rührende Ulla dachte dabei nicht zuletzt auch an den 60. Geburtstag ihrer Gegenschwiemu in Amerika.
Für die suchte sie sich nun ein sehr schönes Geschenk aus: Die Gegenschwiemu bekommt einen edlen Bettbezug mit einem singenden Vöglein drauf.

Abends schaute ich einen Film über einen Zeitungsverleger, der als Bundespräsident kandidieren sollte. Vorgeschlagen von der Oberbürgermeisterin, die von der schrillen Großmutter vom

Robert (aus dem Film „Quellen des Lebens") gespielt wurde. Einer Dame, von der es heißt, so sei die Mutter von Herrn Reimer gewesen, so daß Herr Reimer sie immer nur ungern besuchte, weil sie ihn mit ihrer Koketterie und ihrer Launenhaftigkeit ganz verrückt machte.

Dieser Kandidat war mit einer smarten Dame verheiratet, die eine gutgehende Kanzlei betrieb, und eigentlich keine Lust verspürte, ihre glanzvolle Karriere zu Gunsten von irgendwelchen Händeschütteleien mit Staatsoberhäuptern aufzugeben. Und auch die Geliebte des Herrn ahnte, daß Veränderungen auf sie zukommen würden.

Eines Tages sprach sie bei der Ehefrau vor, weil sie sich dachte: „Je eher sie es weiß, desto mehr Schadensbegrenzung könnte betrieben werden!"

„Ach, sind Sie eine seiner Gespielinnen?" sagte die smarte Ehefrau professionell und sprach redegewandt und virtuos weiter: „Er braucht immer wieder etwas Neues. Mich aber braucht er immer!"

Mittwoch, 19. November
Grebenstein – Aurich

Grau und novemberlich verhangen.
Allerdings nicht ganz kalt

Jetzt war sie da:
Die Situation, die ich in Anlehnung einer Erinnerung an die Omi einst ins Tagebuch geschrieben habe: Jener Ort, in dem ich mich so heimisch fühle, daß ich am liebsten Wurzeln schlagen würde, hatte sich in eine Abschussrampe verwandelt: Ich sollte nach Aurich fahren, und wäre schon jetzt so gerne wieder daheim in Grebenstein. Noch ist man hier, und kann´s doch auf Omi-Art überhaupt nicht erwarten, endlich wieder daheim zu sein.

Historische Erinnerung aus den späten 70er Jahren

Omi hatte sich endlich einmal dazu weichklopfen lassen, uns junge Leute in Aurich zu besuchen, und Rehlein hatte der alten Dame zu Ehren ihren berühmten Birnenkuchen mit Birnen aus dem Garten gebacken. Doch Buz als ehrenamtlicher Abholer am Bahnhof vertrödelte sich leicht und kam stark verspätet in der Bahnhofshalle an, wo sich die Omi bereits in Rage gewartet hatte, so daß ihre Nase vor Empörung leicht zu zittern schien!
„Ich wäre jetzt in den nächsten Zug gestiegen, um nach Grebenstein zurückzufahren, wahrhaftig!" sagte sie auf der Heimfahrt multipel, verärgert und variierend, da sich in dem Alter eine Verärgerung leider nicht mehr so rasch abschütteln lässt.

Vor dem Hause wälzte sich klobig das Müllauto durch die Straßen. „Wir machen das weg!" las man einen frisch klingenden und frohstimmenden Slogan auf dem Auto, doch sowohl Fahrer als auch Mülleintreiber wirkten je verdrossen. Da dachte ich kurz an Katharinas mißratenen Sohn Marius, der ja mal Gabelstapelfahrer werden wird, wenn er seinen „Eifer" in der Schule weiterhin so lasch hinter sich herzieht wie bislang, und für so manch eine Mutter wird nun einmal diese Schmach wahr, einen Gabelstapler oder Müllmann zum Sohne zu haben.

Ich fuhr zum REWE um mein noch immer schlankes Sparbuch mit weiteren, vom Munde abgesparten 420€ etwas zu blähen.
Geduldig stand ich herum und wartete, und die eine, soweit ganz nette Postbedienstete erledigte die Arbeit mit großer Ruhe und Gelassenheit.
Ein junges Pärchen hatte sich auf die Post bemüht, um ein Päckchen aufzugeben. Sie mit Nasenring.
Nach einer Weile telefonierte die Postbedienstete.
Die Postfee plauderte sich ein wenig fest: „Mhm. Mhm. Mhm…" sagte sie multipel, und: „nein,- nein, nein!" oder: „Ja, ja, ja….", und hier hörte der Hoffnungsfreudige bereits einen bevorstehenden Auflegeschwung heraus, der dann allerdings wieder verpuffte.
Dann räumte sie die Paketwaage leer, und schließlich griff sie mein aufgefächertes Geld, das

wie ein Gewinn ausschaute, um es auf mein Sparbuch zu transplantieren.

Über jenen Pianisten auf meiner CD, der das Gesamtwerk von Clara Schumann spielt, hatte ich mich auch ein wenig schlau gemacht: Kein Mensch hat seinen Namen jemals gehört, und mir ist er auch schon wieder entfallen, und ich weiß nicht einmal, ob die Werke gescheit interpretiert sind?
Doch ich als Frau hörte tatsächlich viel aus dem Leben von Clara Schumann heraus: *Ein* Werk beispielsweise hatte sie sehr griffig mit lauter schrillen Sekundakkorden gefärbt, und hi und da sprechen die Melodien zu mir: z.B. „Papa braucht doch seine Ruh!" (Höre ich daraus heraus.)
Ratternd wie eine Nähmaschine.

Im „Kaufland" in Delmenhorst schlenderte ich herum. Ich kaufte mir ein bißl was zu naschen - Milka und Chili-Bonbons, und dann gab´s einen Stau an der Kasse. Allerdings ist ein Supermarktsstau vielleicht nicht ganz so langweilig wie ein Straßenstau, da man ja gerne sieht, was andere so kaufen?
An der Kasse saß ein leicht graumeliertes Fräulein namens Erika, und vor mir kaufte ein Ehepaar ganz viel, und bei all dem, was so über das Rollband glitt, dachte ich mir aus, was die sich wohl dabei gedacht, bzw. was sie mit dem Einkauf

wohl vorhaben? Geschenkpapier, fünf Weihnachtskarten, Kaffeefilter und vieles mehr.
Die Frau krümmte sich schnell in den Einkaufswagen hinab, und der Mann mußte zahlen.
Angestrengt versuchte auch ich den genannten Preis zu verstehen, um den Ärgerlichkeitsgrad des finanziellen Aderlaß' etwas mitzuempfinden.
„Füfüüju!" schien der Herr auch kurz ganz leise zu pfeifen, und zückte sein EC-Kärtchen, auf das man den Erdrutsch in seinen Ersparnissen wenigstens nicht mitansehen muß.

Die Kirche im Dämmer begeisterte mich:
Ich saß in der Kirchenbank, trank Tee und verzehrte ein Schinkenbrot.

Bald darauf begann der Musikalische Abendgottesdienst:
Ich nahm neben Pastor Meyer-Schürg in der ersten Reihe Platz.
Es wurde geredet, und zwischendrin zückte ich meine Violine um die Reden mit Klangwolken zu puffern.
Einmal mußten Damen und Herren abwechselnd Passagen aus der Heiligen Schrift vor sich hinmurmeln, doch denkt ihr, ich hätte mir gemerkt um was es ging? Das Einzige, was ich mitbekam war, daß Pastor Meyer-Schürg einst in Bern ansässig war, und auf putzige Weise malte er ein Kreuz in die Luft. Legitimiert durch ein jahrelanges Studium

und ein unbeugsames Auseinandersetzen mit der Materie war´s ihm somit gestattet, im Namen Gottes zu uns zu sprechen.

Nun gab´s ein zwangloses Beisammenstehen mit zumeist bebrillten Senioren.

Ich aber hatte Angst, der listige Küster könne mir meine Spenden rauben, die zuvor von einem netten Herrn – eingefangen in zwei Spendenabwischbeuteln - achtlos ins Künstlerzimmer gelegt worden waren. Und war der Küster nicht einfach so, ohne Anzuklopfen in mein Künstlerkabüff gestolpert?

„Ich wollte nur sehen, daß niemand Späähnden klaut!" sagte er in falscher Beflissenheit, und ließ auf Kasachenart Artiiiikel weg, doch sind dies nicht genau die Worte, die ein notorischer Kleindieb gerne anzubringen pflegt, um kurz und unverdient den Kegel des Lichtes der Beifälligkeit auf sich zu lenken?

(„Schaut her, ein edler Mensch!")

Im Banne dieser Furcht empfand ich die Fragen der verlegenen Senioren als anstrengend, und wäre viel lieber hinabgeeilt um dem undurchschaubaren Kjuuuster auf Fiiinger zu schauen.

Eine Dame aus der Gemeinde kam gar aus Bayern, wie unschwer zu hören war.

Schließlich löste sich die Runde auf.

Pastor Meyer-Schürg hatte mir noch die Violine zum Auto geschleppt, und ich hätte so gerne noch viel mehr Freundlichkeiten angebracht, doch wie es

nunmal Pfarrrat ist: Bis hierher und nicht weiter! Er entfernte sich, rief jemandem etwas zu, und seine Freundlichkeit, seine Wärme und Anteilnahme galt nun jemand anderem.
Ich aber fuhr durch die Nacht nach Aurich.

Kaum hatte ich mein Auto im Grundstück geparkt, da trat der süße Ming aus dem Hause, den bereits eine Ahnung beweht zu haben schien, wer da wohl zu später Stund gleich vor der Türe stehen würde?
Das Wiedersehen war so was an herzlich!
Anders als früher beharrte Ming auch nicht gleich darauf, daß ich mein Auto ausräume – nein! Nun konnte es dem süßen Ming gar nicht schnell genug gehen, daß ich endlich das Pröppilein sehe, das sich den ganzen Tag lang schon so unbändig auf mich gefreut habe. So sehr, daß es sich auf Mings Arm vor Rührung und emotionaler Überwältigung ersteinmal wegdrehen mußte.
Sehr herzlich begrüßte ich mich auch mit dem Julchen.
Dann bestaunten wir das Pröppilein im zum Kinderkuscheleck umfunktionierten Ashram, so daß man sich acht Pflegekinder ins Haus holen könnte, die da den ganzen Tag herumtoben und viel Spaß haben könnten: 150€ pro Kind im Monat!
Pröppilein zeigte mir einen lila Wecker.

„Piep, piep!" rief es laut. Dann machte es anhand des Scherzartikels mit der muhenden Kuh (einem Quader) ganz laut und blökend „Muuuh".

„Kika, essen!" rief das Pröppilein einmal resolut, und es tat so gut, einen Verwandten zu haben, dem´s am Herzen liegt, daß man gescheit ißt.
Ich lächelte zwar freundlich, und wirkte nach dem Exitus von Herrn Reimer in den Sinnen der anderen doch sehr niedergeschlagen und müd, auch wenn ich versuchte, es durch milde Freundlichkeit zu kompensieren.
Zu später Stund stieg ich noch ins Duschhäusl.

Donnerstag, 20. November
Aurich

Novemberlich frisch und angenehm

Ich erwachte in einen zart dämmrig aufscheinenden schönen Tag jener Art, wie er einem immer gern gewünscht wird. Zum ersten Male in dem neu zusammengestellten Zimmer, wo ich mich so wohl fühle.
Doch leider stand ein saurer Gang bevor:

Jener zum Zahnarzt, dem ich mit größtem Mißhagen entgegensah. Hinzu galt´s, mich per pedes dort hinzubegeben, da mein Radl leider einen Platten hatte, und die kurze verbliebene Zeit nicht dazu angetan schien, ihn reparieren zu lassen.

Ich hurtelte somit durch den bläulichen Morgendämmer, und der erste Mensch, den ich nach einer gefühlt zehnjährigen Aushäusigkeit in Aurich traf, war die Frau de Boer, die – als prinzipienstarre Friesin – bei uns unter Verdacht steht, sich aus friesisch prinzipienstarren Gründen von unserem Musikalischen Sommer ab-, und dem sog. „etwas anderen Festival" zugewandt zu haben, da die BÖSEN von der OSL auf subtilste Weise überall kleine, feine und giftige Gerüchte in der Stadt verteilt haben. („Aber sagense es bitte nicht weiter….")←(und schon ist die Verbreitung gewährleistet).

Nun aber sagten wir Damen uns aus Höflichkeit nur Freundlichkeiten, und von ihrer Hausärztin, Frau Dr. Naumann, (meiner Freundin Maria) hat Frau de Boer hinzu erfahren, daß ich viel herumreise.

Aus dem Schornstein des OSL-Gebäudes stieg zarter weißer Rauch in den friesischen Novemberhimmel empor, so als habe man einen frischen, oder gar friesischen Papst gewählt.

Ein wunderschönes Gebäude – leider von diebischer Hand mit einem Koffer voll gestohlenem Gold finanziert.

Leicht verfrüht kam ich beim Jörg an, und am Tresen saß eine leicht unpersönliche Pflanze, die vielleicht nicht so besonders auf Humor anspringt? Ich nahm eine Weile im Wartezimmer Platz und durchblätterte drei „Gala"s. Dann wurde ich in einen ganz neuen Raum geführt, wo ein herber Rückschlag auf mich wartete: „Sie wissen aber, daß wir Ihnen das in Rechnung stellen müssen?"
Pro Jahr steht einem nur eine vereinzelte Zahnreinigung zu, und es koste somit 249,99 €! Nein, davon hatte ich nichts gewußt, - ließ mich somit selber von der Leine und lief wieder heim.
Und nun muß ich so lange mit der Teeverfleckung auf meinem Zahnbild weiterleben, bis das nächste Kalenderjahr eingeläutet wird.

Das Frühstück empfand ich als unerhört entspannend.
Ming erzählte von unserem gemeinsamen Freund Tone, der zu seinem Geburtstag unlängst lauter rivalisierende Exen eingeladen habe, und ich erzählte, wie die Gretel die Margret stets, und ohne mit der Wimper zu zucken als „Tones Lebensgefährtin" bezeichnet. Wohl, um es vor sich selber schön zu reden, daß auch überreife Frauen durchaus noch Schneid bei den Männern haben können, wenn sie sich nur elegant kleiden und weltgewandt geben?

Mit großer Mühe parkte ich die Autos um, was bedeutete, daß ich mich und andere viermal in Folge, wenn auch kurz, in Lebensgefahr brachte, indem ich powärts in Frau Oetkens Grundstück einbog, bloß, daß das Auto nach dieser Bemühung ganz schief auf der Straße stand, und einen anderen Autofahrer behinderte.

Im Haus weinte das Pröppilein währenddessen so sehr, weil es gemeint hatte, ich wäre gegangen. Drum sollten wir jetzt sofort zum Spielen in den Garten gehen, schlug Ming vor.

Ming und ich schubbsten abwechselnd die kleine Schaukel an, die man fürs Pröppilein an den Baum gehängt hatte.

„Hallo Sonne!" rief das Pröppilein multipel, wenn es sich auf die Sonne zuschwang.

Am Nachmittag saßen wir wie alle Tage im „Sesam", dem Stammcafé von Julchen und Ming. Man sitzt auf Hochsitzen am Fenster, und schaut dem lebendigen Wimmeltreiben in der Fußgängerzone der ostfriesischen Metropole zu.

Der Herr am Tresen rief: „Julia! Ihr könnt Euren Cappuccino abholen!" Ich stürmte hin, und stand unvermittelt direkt im Windschatten des OSL-Teufels Dirk L., der sich angestrengt in sein Börsl hinabkrümmte. Ming meinte später, ich hätte ihn wohl gar nicht bemerkt? Doch dies hatte ich wohl! Am Tische amüsierte man sich darüber, daß „Würg" und „Lübke"* nun immer mit Uwe Pape,

dem Seelöwen, zusammenhängen, der offenbar mal gesagt habe: „Ich sei, gewährt mir die Bitte, in Eurem Bunde der Dritte!"
Man drehte sich um, und schaute auf die Glatze eines Uwe Pape – „…er selber unbedeutend bis zum rührenden!" traten mir lang gefallene, versnobte Worte einer Erika Mann in den Sinn.
Ming und Julchen suchten das kleine Pröppilein dazu zu bewegen ein kleines Lied zu singen: „Der Mond ist aufgegangen!"

*Zwei OSL-Mitarbeiter, aus datenschutztechnischen Gründen leicht umbenannt.

Beim Cappuccino sprachen wir lustvoll über die Verwandten in Amerika. Die Rede wurde auf die Tante Bea und ihre Kinder und Enkelkinder geschwenkt: Z.B. Lindas Kinder Miette und Charles, die unterschiedlicher nicht sein könnten. Das Julchen sprach wieder über ihren neckenden Verdacht, die Miette sei wohl von Ming gezeugt? „Günther gesteh´!…." zitierte sie einen Songtext.
„Das würde so manch ein Rätsel lösen!" sagte ich, da die Miette ganz und gar nach unserer Tante Uta von der väterlichen Seite geraten ist. Sie hat nicht nur das Aussehen der jüngst verstorbenen Tante, mit der sie offiziell gar nicht verwandt ist, sondern auch deren Charakter geerbt, und ist somit ein rasendes italienisches Temperament in einer ganz ruhigen und milden Familie…

Die Gesprächsführung hangelte sich an weiteren Themenpfaden empor.

Tante Beas Sohn Rifflein müsse für 7000$ sein Gebiss sanieren, und Mutti Bea habe angerufen, um ganz kleinlaut zu fragen, ob er dies wohl in Deutschland machen lassen könne, da er nicht gescheit versichert sei, und dies in Amerika schlicht unerschwinglich teuer sei, zumal der junge Mann als Hausverschönerer nur spärlich verdient?

Mir gefällt der Gedanke, meinen etwas verloren wirkenden Vetter Riffi mit nach Grebenstein zu nehmen, denn Hausverschönerer werden dort überall dringlichst gebraucht!

Da sprach ein alter Opa das Julchen an: Ob das Pröppilein zum Verkauf angeboten würde?

„Ein unverkäufliches Muster!" scherzte man allgemein entspannt.

Das Julchen hatte eine Mail auf ihrem Smartphon erhalten, die für Entgeisterung sorgte: Doreen und die Koyamas haben sich bei dem „etwas anderem Festival" beworben. Dies habe Kirsche der Petra erzählt, um in Kirschenlogik zu beweisen, wie beliebt „sein" Festival mittlerweile sei.

Die Petra hatte der Ute ausrichten lassen, ich könne sie ruhig anrufen. Doch statt anzurufen will ich die Petra gerne loswerden, da die Sympathie verpufft ist.

Sie verpuffte an Folgendem:

Die Petra spielte in einem Konzert des „etwas anderen Festivals" im Orchester mit, doch statt die Gelegenheit zu nutzen, allgemein über den unerhörten Skandal der diesem Festival zugrunde liegt, zu informieren, sagte sie auf Nachhakungen vereinzelter Konzertbesucher in diese Richtung lediglich: „Ich bin hier um Musik, nicht um Politik zu machen!" Und ich fand das so armselig!

Im Dämmer lief ich zu Combi um Schwämme zu kaufen, mit deren Hilfe ich noch mehr Ordnung und Sauberkeit in mein Leben zu bringen gedachte.
„Willst Du mitkommen?" frug ich Ming animierend.
„Nein", sagte Ming zunächst fast schroff, doch man hatte sich ein Späßlein für mich ausgedacht:
Als ich nämlich wenig später durch das Supermarktsportal schritt, warteten dort Ming und Pröppi auf mich.
Das süße Pröppilein schaute ganz ungläubig, als es plötzlich seine Tante Kika sah.
„Darf ich bitte vorbei!" sagte eine herbe Frauenstimme – doch es war das Julchen, das sich ebenfalls ein Späßle erlaubte, und das Julchen war nur gekommen, um einen Nikolausstrumpf zu kaufen.

Auf dem Heimweg sprachen wir über die Unterschiede in Aurich und Grebenstein, und blieben an den Dachziegeln hängen, die in

Grebenstein deutlich schöner seien, obzwar einige Bürger leider unschön anzusehende Solarzellen auf dem Dach angebracht haben. Doch es bildete sich rechtzeitig eine Bürgerinitiative, die dafür Sorge trug, daß dieser Stadtpanoramaverschandelung Einhalt geboten wurde.

Zu vorgerückter Stund´ rief ich die Maria an, doch selbst die Maria schien in der kleinen Luftpause des Fortbildungsseminars „Arbeitsmedizin" seltsam gestresst.
„Hast du meine E-Mail gelesen?" schmetterte ich selbsterfreut durch den Hörer.
„Welche E-Mail?"
Die Maria war zu erschöpft, und verschob das anvisierte Treffen.
Der Ü50er verschiebt´s ergeben, bettet sein müdes Haupt zur Nacht und hofft, sich nie mehr erheben zu müssen.
„Dickes Bussi!" sagte sie noch, doch selbst dieser warme Satz war im Vorübergehen abgelassen worden – erinnernd an die brave Pfarrfrau Frau Klein in Grebenstein, wenn sie fahrig und im Hinwegstreben „Alles Liebe!" sagt.
„Jetzt kann ich *doch* mit Euch essen!" rief ich den jungen Leuten fröhlich zu, doch Ming telefonierte wieder den ganzen Abend lang mit dem Christoph-Otto, und nach einer Weile wollte ich mich in mein Zimmer retirieren um zu lesen. Ich zupfte mir die Kontaktlinsen ab und bezwickerte mein reifendes

Antlitz, als es dann doch noch zu einem gemütlichen Beisammensein kam.
Es gab etwas Rotwein, doch das Pröppilein trank nur lila Wasser.
Man sprach darüber, daß der chinesische Bratscher Hao auch nicht mehr zu kommen bräuche. Das Julchen ist von ihm und seinem „Freundschaftsverständnis" sehr enttäuscht, da es ihm ja leider doch nur ums Geld geht.

Freitag, 21. November
Aurich

Wunderschön.
Allerdings heißt es, es würde nun bald kalt

Ich hatte gelobt, Frau Schinke aufzusuchen, und mir damit selber eine kostbare sturmfreie Zeitspanne von meinem Lebenswege hinweggeschippt, denn Ming und Julchen wollten heut jene Aufgabe wahrnehmen, die einst Würg und Lübke mit Buz als Erstem im Bunde getätigt hatten:
Man plante eine Kirchensafari.
Man jagt nach passenden Kirchen für den Musikalischen Sommer.
Doch daß Ming am Morgen bloß meine Türe geöffnet hat, statt hereinzustürmen um mich wach-

zubusseln, weswegen ich doch letztendlich herbeigereist war, setzte mir sehr zu.

Heut vor 100 Jahren dürfte es in Schorndorf eine freudige Aufregung gegeben haben:
Das Söhnchen einer Familie, der kleine Kurt, feierte seinen 5. Geburtstag! Doch womöglich ging dies in der Wirrnis des ersten Weltkriegs unter, der sich damals womöglich ähnlich gefühls- und zeitusurpierend gab wie heut das Drama um den Musikalischen Sommer?
Und dieser kleine Kurt sollte später unser Opa werden – liegt jedoch bereits seit 12 Jahren auf dem Friedhof in Lanzenkirchen/ Niederösterreich.

Ganz weit weg - in Horumersiel:
Frau Schinke hätte sich am liebsten vor der Bratschenstunde geduckt, da sie bratschentechnisch so sehr abgebaut habe, daß ich „mich wundern würde", und so wollte Frau Schinke zuerst Tee trinken. Doch ich wollte lieber zuerst den Unterricht abstreifen, da ich den meisterhaft zubereiteten Tee dann noch besser genießen könne, und so begaben wir uns ins obere Zimmer.
Frau Schinkes Tochter Bettina hatte die Noten alle so liebevoll geordnet.
Wie frisch gebügelte Wäschestücke lagen all die schönen Streichquartette, die man im Laufe der Jahrzehnte gespielt hat im Notenschrank.

Noch immer stehen die vier Stühle vor den holzgeschnitzten Pulten, doch zwei Plätze in Frau Schinkes Streichquartett sind mittlerweile vakant, und so sollte man wenigstens ein Duo zur Hand nehmen, schlug ich vor.

Tatsächlich fanden sich die schönen Mozart-Duos, und Phrase für Phrase versuchte ich nun, Frau Schinke das Werk einzuverleiben. Doch leider war´s ein wenig mühsam, auch wenn ich mich zwiefach auf einem pädagogisch schnittigen Wege wähnte. Ich spielte kleine Partikel forsch und voller Mutmachungsschwung vor, und Frau Schinke sollte es auf Papageienart einfach nachspielen und nicht so viel denken, doch es funktionierte nicht, und so versuchte ich, ihr wenigstens den schmissigen Auftakt beizubringen. Man verwandelt sich in eine Kindergärtnerin und hofft, die hölzerne Frau Schinke mit Methoden dieser Art in eine forsche Leitkuh zu verwandeln. Sie solle feurig „Und- !" ausrufen, und die Eins punktgenau plazieren.

„Meinen Sie jetzt diese Stelle hier?" frug Frau Schinke schüchtern und verunsichert. Nein. Dies hat leider nicht geklappt. Jetzt tranken wir Tee.

Ich schaute auf die beiden gerahmten Fotografien des verstorbenen Herrn Schinke drauf und erkundigte mich anteilnehmend nach seiner Herzklappen-OP, „die woul in die House gegangen sei?"

(Um es passend und verunsentimentalisierend auf plattdeutsch einzufärben.) Aber nein! In diesen gar zu losen Worten sagte ich es natürlich nicht.

In schönstem Sonnenschein fuhr ich nach Hause. Als ich jedoch in Aurich eintraf – der Verkehr wurde etwas zäh – war die Sonne bereits am sinken und mir wurde klar, daß man ein Riesenfiletstück des Tages Bratschenstunde und Teetrunk geopfert hatte. Dehnte man diesen Tag gedanklich auf ein ganzes Leben aus, so ließe sich sagen: Die Jahre zwischen 22 und 72 die habe man im Knast verbracht, wenn auch gottseidank in einer hellen Zelle, durch die viel Licht geflutet ist.
Abends hatte ich etwas Mühe mit meinem Geburtstagsbrief an die Bea.
„Ich wünschte, ich könne so klug schreiben, wie die Shalits", schrieb ich sinnierend, - denn die Gegenschwiegerleut „Shalit", hat sich das Beätchen zu Privatheiligen erklärt, - „obwohl die wahrscheinlich auch nur geschrieben haben: „Have a nice birthday, dear Beate, Love…"
Und nun stellte ich mir vor, wie es die Bea fuchst, daß ich offenbar mit dem siebten Sinn gespürt habe, was die da tatsächlich wörtlich genau geschrieben haben?
Obwohl für dererlei in Amerika keine große hellseherische Kraft vonnöten ist.
Liebevoll verabschiedete ich mich vom süßesten Ming zur Nacht.

Samstag, 22. November
Aurich - Grebenstein

Trüb und nieselig.
Dann jedoch trieben die nassgesogenen Wolken von dannen, und was übrig blieb, war ein matter, wolkenfreier Himmel.
Der novemberliche Hauch mischte sich am Abend ganz besonders poetisch
mit der beleuchteten Burgruine auf dem Burgberg
Am Morgen schaute Ming in mein Zimmer herein.
„Schlaf nur weiter!" sagte er warm.
„Du mußt mich wachküssen!" rief ich, doch diese Worte hörte der Emsige schon nicht mehr.
Stattdessen hörte *ich*, wie sich jemand klappernd des Geschirrbergs in der Küche annahm, obwohl das doch eigentlich meine Domäne sein sollte.
Ich stieg in die Kleider hinein und die Treppe hinab. (Ein Satz wie von Frank Golischewski)
Unten war zunächst nichts los, doch wie in einem Osternest lagen frische Brötchen bereit, da der süße Ming seiner Familie Gutes tun möchte, während das Julchen ständig Ecken der Unzulänglichkeiten aufspürt, an die man gar nicht gedacht hat und die, sanften und unverdienten Ohrfeigen gleich, ständig präsent sind. Man gibt sich die größte Mühe, und doch sagt das Julchen nur: „Und wo ist mein Sonnenblumenbrötchen?"

Bloß, daß wir Geschwister uns das bereits geteilt hatten.

Nur das Pröppilein, als Engelchen und Heiligtum auf Julchens Knien sitzend, bleibt vorläufig (?) von Konsternessen dieser Art verschont. Es wurde liebevoll mit Honigpops gefüttert, und das Julchen reichte dem kleinen Kind ein hornförmiges Teil einer Banane, welches der kleine Schatz schon jetzt so begabt hielt, als sei´s ein Geigenbogen.

„Danke Mama!" sagt das Pröppilein so goldig, und nun wurde die Rede draufgeschwenkt, daß nun auch die alte Frau Schorn vom Schicksal mittlerweile zur Witwe zurechtgestutzt wurde. Ich hatte bereits davon gehört, doch der Exitus eines Erich Schorn war offenbar von jenem eines Herrn Reimer vollkommen erschlagen worden?

Ob es sehr taktlos wäre, Frau Schorn zum Geburtstag einen Gutschein für ein Senioren-Speed-Date im „Piqueurhof" zu schenken? spaßte ich, um alsbald zu einer anderen frischgebackenen Witwe am anderen Ende der Republik hinüberzuschwenken: Frau Reimer.

„Wie Frau Reimer ihr noch junges Witwendasein wohl gestaltet?" warf ich eine Frage in den Konversationsring.

„Genießen", mutmaßte Ming.

„Wer ist Frau Reimer?" frug das Julchen.

„Die Frau von Herrn Reimer!" sagten wir Kinder.

Ich erzählte, daß sie eine Operetten-Diva sei, und hinzu eine ganz liebe, herzliche.

Es klingelte an der Türe: Omi Birgit. In frischen kühlen Novemberwind gehüllt, so daß eine Umarmung „ein Genuss für sich" war.

Jetzt erst erfuhr ich, daß man sich allgemein Sorgen um Pröppileins Gesundheit gemacht habe: Das kleine Schätzlein sei so blass, habe eiskalte Händchen und hinzu nichts gegessen, und das Julchen habe in der Nacht nicht einschlafen können, weil es sich so viele Gedanken und Sorgen machen mußte.

Ein wichtiger Kernpunkt unseres Frühstücks galt allerdings wie schon so oft der OSL: Direktor Rolf Binneberg wollte „die Sache", auch journalistisch, „ein für allemal" vom Tisch haben, indem er einfach eine Pressemeldung herausgegeben hatte, daß die OSL den Prozess gewonnen und keinen Vertragsbruch begangen habe. Er wollte einfach irgendwelche Tatsachen in völlig verbogener Form an die Presse weiterleiten, doch die rasche Reaktion von Ming und Julchen, die bereits eine gänzlich anders klingende Pressemitteilung verschickt hatten, versalzte ihm den Triumph, so daß wir uns nun doch die Hände reiben durften.

Am Nachmittag kam Mings Schüler Paulchen mit seiner Mutti, und Mutti Irina brachte dem Pröppilein einen Ball mit.

Und dieser Ball freute das eher zurückhaltend gestimmte Pröppilein sehr.

Ming bewunderte die festen und dichten Haare vom Paulchen, der sich als Begleiter eines Geigers bei Jugend Musiziert verdingen will.
Aus einer schwarzen Notentasche fischte er die Noten hervor, und begann alsbald unbeholfen daran herumzufingern. Ich summte die Violinstimme mit, und färbte ein „As" mit der nötigen geheimnisumwitterten B-Tonartstrübnis ein.

Nach dem Unterricht gab´s ein Unglück zu beklagen:
Ich wollte Pröppileins Herz gewinnen, indem ich mit dem Froschwaschlappen das Musikzimmer stürmte, um mit dem Pröppilein Ball zu spielen. Doch der Ball war alsbald unter den Flügel gerollt. Pröppi stürmte hinterher und richtete sich viel zu früh wieder auf, so daß das kleine Kinderhaupt an der Flügelkante anrummste.
Und man kam wieder nicht umhin, sich ein barmendes Plärrkonzert anhören zu müssen!
Ming wurde in die Küche gescheucht, um etwas Eiskaltes zu Kühlungszwecken herbeizuholen, und kehrte alsbald mit den Tiefkühlerbsen zurück, mit denen er nun das kleine Haupt bestempelte. Doch dadurch flammte das Geschrei erneut auf, um alsbald auch wieder zu verebben, und im Bad sagte das Pröppilein so rührend: „Armes Bebi!"

Ich packte mein Auto, und dieser Tag, an dem ich eigentlich eine echte Kuchenschlachtstournée hätte

absolvieren können, da auf meinem Wege so viele Freunde und Bekannte leben, fraß sich immer mehr in sich selber, nämlich „den Tag" hinein.
Beim Abschied befand ich mich nun genau auf jenem Punkte, den ich herbeigesehnt hatte:
Ich fahre nach Grebenstein zurück, und bald sehe ich Rehlein und Buz wieder! (Freudensmilie) - und doch war ich von einer ungeheuren Wehmut gepackt worden, Ostfriesland wieder zu verlassen.

Es war dunkel geworden. Mehr als die Hälfte der Reise hatte es gedauert, bis die Wehmut wenigstens ein bißchen nachgelassen hatte.
Als ich gegen halb acht auf dem Nettovorplatz in Grebenstein an Land stieg, fühlte es sich ein bißchen an, als sei man in einem fremden Land an einem fremden Flughafen angekommen.
Schnee lag in den Lüften.
An der Kasse schien Onkel Eberhards Tochter Kathi zu sitzen. Doch der Schein trog. In Wirklichkeit handelte es sich um ein fremdes Fräulein.
Beim REWE stieg ich auch noch ab, und freute mich sehr, von der dicken Frau Rari bedient zu werden.
Ich schrieb Frau Picker, daß ich dem Julchen die Postkarte mit dem Bildnis von Anton Bruckner gezeigt habe, die Frau Picker mir zum Geburtstag geschickt hatte.
„Hättest Du Lust, mit diesem Herrn mal einen Abend zu verbringen?" (habe ich gesagt)

Doch das Julchen hätte kein Interesse gezeigt, mit diesem Herrn einen Abend zu verbringen.

Das E-Mail vom Beätchen hob ich mir ganz zum Schluß auf:
Heissa! Meine Ahnung hatte mich nicht getrogen:
Das Thema „Klistir" hatte beim Beätchen angedockt, während die Themen „Opa" und „Clara Schumann" schlicht überlesen worden waren.
„Bei uns braucht noch niemand ein Klistir. Bei uns flutscht noch alles!" ließ die Bea wissen, und ich stieß mich an dem in diesem Zusammenhange ekelhaften Wörtchen „flutscht".
Und dies tippt ausgerechnet sie, die das doch lustige Wörtlein „Arsch" in ihrer Wohnung nicht duldet!
„Daß Dir das nicht peinlich ist??" hätte man zurückschreiben sollen. „Das ist doch ekelhaft!
Es sei Dir ja gegönnt. Doch muß man dererlei auftippen? Ich möchte so etwas nicht im Computer haben!"

Sonntag, 23. November
Grebenstein

Wunderschön!

Am Morgen plagte mich vor dem Aufstieg die Scheu vor der Endgültigkeit, wenn man sich dem Bettgehäuse entrupft. Der Endgültigkeit, zumindest diese eine bergende Nacht hinter sich zu lassen.

Nur ein vereinzeltes kleines Mail hatte sich für mich angesammelt – zwar nur etwas von Facebook, doch dieser kleine Brief gefiel mir plötzlich, da er sich als Matritze für ein Rundmail nutzen ließ: „Gratuliere Hartmut zum Geburtstag!" stand da fast schroff, und daneben befand sich der leere weiße Umriss einer unbekannten Person, da der Onkel Hartmut leider noch kein Foto von sich aufgeladen hat. Und diesen Umriss mit der fast schroffen Aufforderung schickte ich nun den Verwandten in Übersee.

„Damit ihr wisst, wie er jetzt aussieht!" schrieb ich augenzwinkrig hinzu. „Doch so genau wollt ihr das wahrscheinlich gar nicht wissen?" ← diesen Passus jedoch löschte ich wieder hinweg, da er gar zu aufdringlich den norddeutschen Humor atmete. Ich dachte an den Hartmut an seinem allerletzten Geburtstag als U70er, an dem man sich vielleicht noch ein kleines bißele jung fühlen darf?

Der Rest der Jugend dürfte sich so anfühlen wie eine Pralinenschachtel, in der sich nur noch eine vereinzelte letzte Praline befindet? Nämlich jene, nach der bislang noch niemand gegriffen hat, weil alle anderen einfach besser schienen?

Kloster Lippoldsberg am frühen Nachmittag:
Pfarrer Trumpe reagierte nicht auf mein Klingeln, so daß ich auf Art jenes Kleinkindes, das einst beim Straßenmusizieren Margarethes geöffneten Cellokasten betrat, einfach in den Windfang hineinlief. Doch dort schaute es schrecklich aus: Ein Messie! Und keinen wesentlich besseren Anblick bot auch der Blick durch die Fensterscheiben.
Ich pilgerte zu jenem schmucklosen Flachdachsmietshaus hin, in welchem die Kantorin Frau Elisabeth Artels lebt(e?), doch der Namenszug neben der Klingel war verschwunden, und über diese seltsame und meist leicht geistesabwesend wirkende Frau, die später typischerweise natürlich nicht im Konzert war, dachte ich nun nach: Elisabeth – meine Gedanken umschlangen diesen edlen Namen, der jedoch gewiß nicht jedermanns Geschmack ist, und ich zog eine Gedankengirlande zu der Trossinger Rektorin Frau Hummels hin, die ebenfalls Elisabeth heißt: Einer sehr fremd wirkenden Intellektuellen und Wörkoholikerin, mit der einen Abend zu verbringen ich mir nicht so recht vorstellen kann.

Dann wiederum dachte ich an den Freiburger Rektoren Rüdiger Nolte, mit dem sie sehr verfeindet ist, und der in Insiderkreisen womöglich einen Ruf als „Arsch" „genießt"? Doch der verschmitzte und schelmische Rüdiger Nolte, der mir persönlich um vieles sympathischer ist, nutzt dies aus, und kehrt somit ungeniert völlig den Arsch hervor, indem er sich lustvoll in einer Arroganz räkelt, die Frau Hummels auf die Palme bringt?

Wenig später musizierte ich in der Kirche, und auch wenn so viele verhexte Nilpferde, gebeugt, mit Wattebäuschen auf dem Haupt herumschlichen – überwand ich das Klassenzimmersyndrom*, und ließ meine Violine zu Wort kommen, bloß daß ich abrupt und hinzu auf einem pfeiffenden Akkord endete, als Pfarrer Trumpe um die Ecke bog. Eine Variation von Jörg Kachelmann, der, um der Wortrankung Willen, gleich nach der Begrüßung ein paar Worte um die Heizung rankte.

Er würde mir einen Tee aufbrühen, versprach er, und im Gemeindehaus wenig später war´s so schön warm, heimelig und gemütlich.

*Das Unbehagen, das einen im Klassenzimmer beschleicht, so daß man zu einem gänzlich anderen Menschen mutiert

Ich begrüßte mich mit der Kulturjournalistin Frau Watschong, einer Dame, die mit dem freundlichen Lächeln der frommen Frau aus der Glupe Nr. 28 in Aurich gesegnet ist. Auf ihrem Haupt sprießen putzige weiße Löckchen, bißl an eine Barock-

perücke erinnernd, worüber ich ihr auch gleich ein Kompliment machen durfte.
Wir plabberten verbindend.
Es herrschte Totensonntag, und ich erfuhr, daß hiermit das Kirchenjahr ende, um nächste Woche mit dem ersten Advent neu eingeläutet zu werden, und ich hatte immer gemeint, das Jahr begänne mit dem Neujahrstag am 1. Januar.
Nun hätte man mir in der Zahnarztpraxis meine Zähne ja doch blankpolieren können – doch die AOK arbeitet ja leider nicht nach dem Kirchenkalender!
„Ich muß mich zur Zeit auch mit einem Todesfall auseinandersetzen!" spielte ich auf Herrn Reimers Exitus an, verschwieg jedoch, daß ich über diesen Tod froh bin, und dann begann ich bar jeglichen Konzepts großspurig loszupsychologisieren. D.h., ich psychologisierte los ohne zu wissen, was ich im wesentlichen wohl damit auszusagen gedächte? Daß es ein Unterschied sei, wenn man sich von Lebenden verabschiede, oder aber von jemandem, der endgültig in die Gruft hinabgelassen wird?
Und?? Meint man womöglich, Überlegungen dieser Art seien gänzlich geistiges Neuland für Frau Watschong?

Dann begann´s.
Herr Trumpe sprach ein paar Worte, doch man hörte es bloß schwammig hallen. Toll fand ich allerdings den Anblick: Die vielen alten Menschen

in dem hohen Raum, wie auf einem Gemälde von Rembrandt.

Nach dem Konzert:
Helmut und Christa, meine Verwandten waren erschienen, wobei der arme Helmut leider am Stock läuft. Dann tauchte die Ulla mit ihrer Nachbarin Frau Kruse auf, und die Ulla war ganz begeistert oder sogar überwältigt – bzw. vielleicht auch leicht beschämt, da sie neulich gesagt hatte, mit mehreren Instumenten sei´s interessanter.

Montag, 24. November
Grebenstein

Zunächst nieseltrübe, dann unerhört reizvoll.
Klarer, wenn auch matter blauer Himmel
und bergende Novemberfrische

Im REWE las ich in der Bunten über Lothar Matthäus´ Hochzeit Nummer fünf. Er heiratete eine sibirische Schönheit, mit der er bereits einen ersten Sohn gezeugt hat, und nun gewährte das schmucke Paar Einblicke in sein Privatleben. Die Anastasia, welche in Nordsibirien geboren wurde, zog nach Moskau, und von Moskau aus machte sie eine Reise nach Paris. Dort wurde sie von Lothar

Matthäus gesichtet, der ihr seine Visitenkarte zusteckte, und so nahm alles seinen Lauf - wie vom Schicksal vorherbestimmt.

Der Lothar frug die Eltern seiner Braut, ob er die wohl haben dürfe? Doch da brauchte er nicht sehr lange zu fragen, denn für die Anastasia beginnt ja jetzt ein Märchen…

Ein echter Märchenprinz dürfte aber auch der junge Herr Kelber sein, den die Firma REWE an die Kassenspitze gesetzt hat. Ein höflicher junger Mann. Bescheiden, freundlich, hilfsbereit, und auf liebenswerte Weise ein wenig schüchtern.

Beim Zahlvorgang stellte ich auch gleich Mutmaßungen an, ob er wohl noch an der Kasse sitzt, wenn das Pröppilein in 50 Jahren in Omis Wohnung lebt?

Herr Kelber mag zur Stund so etwa 17- 20 Jahre alt sein, doch wenn´s im Jahre 2064 so weit ist, daß meine Mutmaßungen greifen, so haben sich die Zeiten bis dahin wohl dahingehend gewandelt, daß man erst mit 84 in den Rentenring steigen darf?

Daheim hielt ich mich an meine eigenen Worte, die ich in einem Brief einst so gekonnt geschrieben habe: Wenn man erst anfängt schöpferisch tätig zu sein, so geht es einem schlagartig besser. Doch die Kunst besteht ja darin, sich zunächst auf seine puddingweichen Haxerln zu wuchten.

Ich freute mich drauf, gleich wieder von Energie umhüllt zu werden, die ich mir selber aufgewirbelt habe, und mußte nun ersteinmal ein paar Karrieremails nach Mecklenburg-Vorpommern entsenden.

Mittags begann ich einen Brief an Frau Picker zu schreiben.
Ich schrieb klein und zierlich, und versuchte auf Frau Picker und ihre demutsvolle, romantische und doch kummervolle Art einzugehen. Ihr erzählte ich nun brieflich, daß ich immer gerne schöne, lange und aussagekräftige Briefe schreibe – solcherart, wie man sie gerne aus dem Postkasten fischt und nur ungern in die Altpapiertonne legt.
Ich machte Frau Pickers Tochter Johanna ein paar heiße Komplimente zu ihrem Cellospiel, das ja auch bereits Historie ist, so daß die Komplimente eigentlich wie Watschen brennen.
Allerdings bin ich derzeit auf jenem Trip, daß ich allem etwas Schönes abgewinne: Sogar dem Exitus von Herrn Reimer, aus dem sich frische Kraft schöpfen lässt, bzw. sich interessante Erinnerungen und Gedanken ergeben.
Und hat das göttliche Cellospiel von der Johanna nicht auch *unseren* Lebensweg erhellt?
„Heutzutage schießen die Cellisten wie Pilze aus dem Boden!" quasselte ich brieflich weiter. „In fast jeder Stadt scheint mindestens ein erstklassiger Cellist zu leben."
Dies läge wohl daran, so fuhr ich fort, weil es viele von uns in den Fingern juckt, diesem gloriosen Instrument ein paar saftige Klänge zu entlocken.

Ja, man sieht: So richtig auf die Briefschreibespur bin ich bislang nicht geraten.

Als ich mich, vom Joggen zurückkehrend, von den Burgbergpfaden auf die Straße zurückfädelte, bestürmte mich ein kleiner Mops mit geringeltem Schweif, der ein furchterregendes Gesicht schnitt, wie er zu hoffen schien. Gefolgt von einem gutmütigen und friedliebenden schwarzen Lappohrhund, der keinerlei Furcht einflößte.

Ediths Sohn Thomas, ein gestandener und beglatzter Herr, der leicht an Papst Johannes Paul II erinnert, arbeitete in der hellerleuchteten Garage, und warf mir ein „Hallo" zu, das ich nun mit in die Stube trug. Wenig später fuhr mit flackerndem Blaulicht ein Krankenwagen durch die Straße. Wunderfitzig und angstgebadet in einem, lehnte ich mich aus dem Fenster – in grausamer Bänge, es habe womöglich jemanden von den Wyssens erwischt, (die mir doch ein Anker im Leben sind?

Schlaganfall, Herzinfarkt, Familiendrama. Was einem da nicht alles hektisch durch den Kopf zirkuliert!

So weit konnte ich allerdings nicht blicken.

Ich stand am Fenster, übte, und blickte dazu in die Nacht hinaus. Die Eisenbahn mit dem Schröder als Fahrgast näherte sich dem Bahnhof.

Im ZDF wurde ein politisch brisanter Film über die Nürnberger Prozesse geboten: „Das Zeugenhaus" wo man die Zeugen ganz bunt gemixt hatte, solcherart, als müssten OSL-Gegner und OSL-Befürworter eine Weile lang ein Haus teilen.

Es handelte sich um einen Film mit Iris Berben in der Titelrolle, und ich stellte mir die schauspielerische Leistung in Etwa so vor, als interpretiere man ein Werk von Schostakowitsch auf der Violine. Ein Werk, das kaum Mühe bereitet, und mit welchem sich glänzend eine gewisse Genialität vortäuschen läßt.

Auch Gisela Schneeberger hatte eine Rolle inne: Sie spielte eine unangenehme, zwiderwurzige alte Frau vom alten Schlage: Die Privatsekretärin vom Göbbels. Eine Dame mit kleinen grauen Röllchen auf dem Kopf und einem stechend kalten Blick.

Diesen Film jedoch beendete ich um 21 Uhr zu Gunsten eines anderen, den ich dann aber auch nicht zuende schaute: Ein glückliches Ehepaar reiste in den Urlaub, doch der Mann verschwand spurlos. Angeblich hatte ihn eine Welle aus einem Boot hinweggespült.

Rehlein in einer Abendmail an die Verwandtschaft wünschte sich Fotos vom Onkel Andi, denn wie lange hatte man das Anderle als engen Verwandten ersten Grades einfach unter den Teppich gekehrt? Jetzt hatte Rehlein plötzlich Zeitlang nach ihrem jüngsten Brüderlein bekommen und rief ihn an, und bei diesem Telefonat erfuhr Rehlein dann das, was ich schon gewußt hatte: Daß die Lisel Anfang

Oktober einen Schlaganfall erlitten habe, und nun ganz bettlägerig sei! Und dennoch zeigte sich das Anderle neben seiner Lisel mit fröhlichem Lächeln, und das süßeste Rehlein war von dem Foto zu Tränen gerührt.

Dann schrillte mein Händi auf: Frau Dieudonné. „Der Frank ist eingeschlafen," sagte sie über ihren frisch entschlafenen Mann, den einst so begeisterungsfähigen und mitreißenden Herrn, der schon so lange krank war. Er starb am 18. November, doch „es sei alles OK".

Er habe sich gewünscht, daß alle fröhlich bleiben mögen, aber gegen kleine Tränchen habe er auch nichts einzuwenden.

Die frischgebackene junge Witwe kann mit den Trauerminen um sich herum nicht so viel anfangen, weswegen sie z.Zt. am liebsten alleine sei, und auch auf meine Idee, sich mit der Hochromantik von Clara Schumann zuzudröhnen, sprang sie nicht so recht an, da sie z.Zt. die Stille bevorzöge, und lieber die Musik in sich selber höre.

Dienstag, 25. November
Grebenstein

Ganz und gar vernebelt

Dicker Nebel umfing mich in den frühen Morgenstunden.
Dann rief mich die Katharina auf dem Händi an, um über den Alexander zu sprechen: Sie war nun bereits zum zweiten- oder drittenmale in Rottweil, und man habe ganz ehrlich geredet.
Wegen seiner Depressionen und Zwangshandlungen (Waschzwang), sei der Alexander berentet worden, und nun wollte über das Thema debattiert werden, ob es sich lohne, mit so jemandem etwas anzufangen, oder ob da das Unglück so quasi vorprogrammiert sei? Verliebt sei die Katharina ja schon, aber wenn es nur auf Sex hinausliefe – und früher oder später käme dies leidige Thema ja unweigerlich, (so die Katharina) - so wäre sie sich hierfür zu schade. Allerdings sei der Alexander ja krankhaft schüchtern.
Leider hörte ich durch mein Händi nur schwach, vernahm aber noch, daß es um den Marius übel stünde: Es war durchgesickert, daß der Marius aus seiner alten Schule hinausgemobbt worden war, weil er angeblich einen Amoklauf geplant hatte, und nun frägt sich Mutti Katharina verzweifelt, ob

man den Marius wohl gleich aus dieser doch wirklich so wunderbaren Schule herausnehmen solle, um ihn ratlos in der Psychiatrischen abzugeben?

Rehlein hatte einen Brief von der Bea weitergeleitet: „…von Deiner Lieblingsschwester Bea", schrieb die Bea immerhin nett und persönlich zu Briefsende.
Bei denen steht mal wieder der Dankgebungs – sprich: Thanksgivingstag vor der Tür, und die Amerikaner machen ein solch närrisches Getue um ihr Truthahnessen mit all den Sößchen, daß sie sich beim gackern und kochen zuweilen selber in Truthähne zu verwandeln drohn. Man sieht es vor sich, wie auf einem alten Wimmelgemälde.
„Jetzt ruft wieder eine Arbeit, die NICHT warten kann!" gackerte das Beätchen den Lesenden kurz nach Briefsbeginn auch bereits wieder an, zumal es den hinterwäldlerischen Europäern, die alle Zeit der Welt zu haben scheinen, derartigendes gern wachrüttelnd unter die Nase reibt, und man frägt sich, was das wohl wieder für eine unaufschiebbare Arbeit gewesen sein soll?

In der Nähe meines Autos lief eine bekannte Gestalt – ein Eierkopf mit Frisurresten die die blanke Glatze nach Art der untergehenden Sonne an der unteren Hälfte umrahmt hielt, und ich schlich mich neckisch von hinten an. Tatsächlich:

Herr Klein, - der drohenden Beinamputation nochmals von der Schippe gehüpft.
Ich begrüßte ihn überschwenglichst, denn Herrn Klein liebe ich.
„Kommense doch mit!" sagte er auf Hessenart unkompliziert.
Ein Glück, daß ich wenigstens in Beätchens schönem roten Pulli stak.
„Ihre Frau ist doch immer so elegant!" meinte ich.
„Darauf legt sie auch allergrößten Wert!" bestätigte Herr Klein, der sich sehr darüber freute, einen Gastesbraten mit nach Hause zu bringen.
Schelmisch klingelte Herr Klein an jener Tür, an der man sich von der gestrengen Hausfrau gerne mal einen Rüffel einfängt, dieweil man doch bitteschön die andere benützen möge. Mutti Klein öffnete auch die andere Tür dieses Heimes, das man einfach mit zwei Haustüren nebeneinander versehen hatte – verstehe dies, wer kann! Doch als sie mich sah, erhellte ein freundliches Lächeln die in letzter Zeit leicht erschöpften Züge.

Besuch bei den Kleins:
Frau Klein erzählte, daß es in Grebenstein noch eine weitere Geigerin gäbe, die aber leider sehr technisch spiele – im Gegesatz zu mir: Frau Antje Menzel. Ich habe schon gemeint, sie habe diese Erkenntnis womöglich unvorsichtig hinausposaunt und mit dieser undiplomatischen Äußerung die Grebensteiner in zwei Hälften gespaltet, - die

Promenzels* und die Antimenzels - so daß ich von der einen Hälfte bald aus Grebenstein hinausgemobbt werde?
*Sehr hübsch aussehendes Wort, wie ich finde

Es wurden brüchige kleine Kuchenstücke serviert, und ich fühlte mich bei denen so überaus wohl. Rührenderweise hatte Mutti Klein die Kritik aus Lippoldsberg für mich ausgeschnitten.

Die Kleins sind sehr updatet, und haben sich trotz des hohen Alters, in das sie unverschuldet bereits hineingeraten sind, eine E-Mail Adresse angelegt, und Herrn Klein oblags bald darauf, sich mit der eingegangenen Mail eines Anwalts zu befassen.

Das Bein habe nach dem Unfall so furchtbar ausgesehen! sagte Frau Klein, - so daß man ganz traurig davon werden konnte.

Doch es ist ja nochmals alles gut gegangen.

Wir sprachen über allzu hellhörige Häuser, und Herr Klein berichtete von den Lärmereien in der Nachbarschaft. Er lief hin, um sich zu beschweren, doch dann wurde ihm gleich liebevoll ein Weinglas in die Hand gedrückt, so daß die Ausgangslage davon ganz schön verwischt wurde! Man war hingeeilt, um denen die Leviten zu lesen, und stattdessen wird man als unbekannter Gast so herzlich willkommen geheißen.

Schließlich erzählte Herr Klein denen beim Weingenusse so freundlich er nur konnte, wie weit man den Lärm hören würde, und die freundlichen

Nachbarn bedankten sich auch sehr, und sprachen davon, daß andere womöglich gleich die Polizei geholt hätten?! –
…und gelobten Besserung.
Wieder daheim.
Ich schaute „Brisant":
Tana*, das offiziell älteste Nilpferd der Welt ist im gesegneten Alter von 54 Jahren heute morgen im Opelzoo in Kronberg gestorben, und hinzu gibt's erste Glatteisunfälle.

*Und dieses Nilpferd haben Ming, Julchen und ich im Jahre 2011 einmal kennenlernen dürfen! Etwas das man jedem erzählen möchte, ob der es nun hören will oder nicht – doch nun steht es wenigstens in einem Buche geschrieben als unumstößlicher Beweis da

Ich versuchte, mein Gehirn neu zu vernetzen, und probierte die Neuvernetzung anhand eines Briefes an Ute B. auch augenblicklich aus: Ich war ins Philosophieren geraten, und schrieb: „Man sollte das bißchen Zeit das einem gegeben ist – halt! Falsch gedacht: … die großzügige Zeitspanne, die einem geschenkt wurde…"

In „arte" schaute ich einen Film über eine Jugendliebe: Ein appetitlich anzusehendes 15-jähriges Mädchen mit Namen „Camille" war an Liebeswahn erkrankt.
Die Camille liebte einen gelockten sog. „Dreamboy" namens „Sullivan", doch dem machte sie ja strenggenommen das Leben zur Hölle, indem

sie ihm immer bloß Unterstellungen unter die Nase rieb.
(Denkt man da nicht an einen gewissen Jemand in Manolzweiler?)
Ihrer Mutti sagte sie, daß die Liebe das Einzige in ihrem Leben sei, für das zu leben es sich lohne.
Später liierte sie sich dann mit einem Künstlertypen mit halblangem blonden Haar – doch sie hatte keine Sekunde aufgehört den Sullivan zu lieben, und die neue Liierung war nichts als Fassade.

Mittwoch, 26. November
Grebenstein

Bewölkt und kalt

Die Ulla war auf meine gestrige Mail mit der Botschaft, daß ich morgens meist keinen Appetit habe, solcherart aufgesprungen, daß sie mich für heute gegen 13 Uhr zum Mittagessen einlud.
Ja gerne! Aber sie möge sich bitte keine besondere Mühe machen, schrieb ich gestern noch zu später Stund – denn Mittags hätte ich auch keinen Appetit, und abends auch nicht.

Der Morgen entfaltete sich.
Niemand hatte an mich gedacht.

Man fühlt so überdeutlich, daß um diese Uhrzeit alle normalen Menschen auf Maloche sind, und weiß Gott anderes im Sinn haben als Briefe zu schreiben. Alle außer mir.

Aber heute warteten ja immerhin zwei Auraduschen auf mich: Die Ulla um eins, und Herr Eßer, ein Veranstalter aus Immenhausen, mit dem ich mich um halb vier am Nachmittag im Café im Hochzeitshaus verabredet hatte.

Nun aber besuchte ich die Familie Wyss, und erfuhr allerlei:

Vor zwei Tagen starb der Wyss´sche Schwiegersohn Siggi, 53 Jahre jung, so daß die Tochter Marietta noch vor Mutti Renate ins Witwenreich Einzug hielt, und ihrer Mutti in Punkto Erfahrung in dieser Hinsicht um eine ganze Nasenlänge voraus ist.

Jetzt gäbe es ersteinmal so viel zu organisieren, daß fürs Trauern überhaupt keine Zeit bliebe.

Die zupackende und rustikale Renate findet es blöd, wenn alle direkt nach dem Exitus aufkreuzen, um eine Leichenbittermiene zu ziehen, die man doch grad gar nicht gebrauchen kann.

Auch Vati Günther zeigte sich. Sein einer Finger blutete, und wollte von einem Pflaster beklebt werden, und in Frau Wyssens Leben gibt es keine zehn Minuten Ruhe.

Die Pietät verbot es, dem Verblichenen weitere Fragen hinterherzuschicken, und so befrug ich Omi Renate nach ihren Enkelchen:
Die Eheleute Wyss haben nur Enkelinnen (fünf Stück), und keinen einzigen EnKEL.
(Grad umgekehrt wie Onkel Dölein, der nur Enkel, so jedoch keine einzige Enkelin hat.)
….„Sie ist schon groß, geht in die Schule und trägt eine Brille!" sagte Omi Renate anerkennend über die kleine Merle, die sehr ruhig und besonnen ist. Anders somit als ihre kleine Schwester Marie, die ein echter kleiner Teufel sei. Erst gestern wurde das Haus der Wyssens von ohrenbetäubendem Geheule und Geschrei durchdrungen.
Zuerst heulte die kleine Berenike, und dann schrie die Marie so wüst herum. Omi Renate erschien zu diesem „Konzert", und erbat auf hessisch-rustikale Weise Auskunft darüber, was hier wohl überhaupt gespielt wird?
Die Berenike habe ihr am Kopf weh getan! Huuuhuuu! krisch die Marie mit zornesgerötetem und tränenverschmierten Gesicht. Doch es war bloß so, daß der Berenike ein Handtuch hinabgefallen und auf Maries Kopf draufgesegelt war, - und bloß um sich wichtig zu machen, hatte die Marie so maßlos überreagiert, daß man sie hätte totschlagen mögen.
Der Günther saß zu dieser Erzählung am Tisch, zerschlug Walnüsse mit der bloßen Hand, und dann verabschiedete er sich in die Kälte hinaus, da

es ihn als Naturburschen naturgemäß nie lange in der Wohnung hält – und daran können auch die vielen Hirschgeweihe an der Wand nichts ändern.

Die Kälte kroch mir durch die dünnen Sultanshosen, und daheim hatte mir a) niemand geschrieben, und b) brachte ich tüchtigkeitsmäßig kein Bein auf die Erde. Ich mümmelte einen Karokaffee und rief Ming an.
Das Julchen hatte soeben auch einen Kaffee serviert, so daß man meinen konnte, wir Geschwister tränken durch das Tschibo-Händi hindurch gemeinsam einen Kaffee miteinander, doch durch die Sinne vom Julchen stöhnte ich darüber, und irgendwie hatten wir uns gar nichts Rechtes zu sagen.
„Ja, die Kritik war wirklich sehr gut", freute sich Ming leicht lahm über meine Rezension aus Lippoldsberg.
„Einen Tag lang war ich zumindest in Grebenstein weltberühmt!" zog ich vor mir selber den Hut. Im Hintergrund hörte man das Pröppilein freudig johlen, und ich beendete das Telefonat rasch.
Heute hatte ich von Frau Wyss erfahren, daß der Schröder demnächst Opa wird, und ich freue mich sehr für ihn, dieweil er doch so ein Familienmensch ist.

Um 13 Uhr schellte ich bei der Ulla, doch strenggenommen hatte es ja geheißen „gegen 13 Uhr" und somit war die fleißige Ulla mit der Kocherei noch gar nicht zu Potte gekommen.

Auf rührendste Weise hatte sich die Ulla wie eine Mutter des Problems angenommen, daß ich keinen Appetit hab: Sie hatte einen richtigen kleinen Roman über die Schüssler-Salze (mit Vorwort) ausgedruckt, und dann sogar die Schüssler-Salze selber zusammengetragen.

In Ullas blunzefarbenem Häusl geriet ich in einen kleinen Teufelskreis: Spült man, so wird die Klosettbrille mit winzig kleinen Tröpfchen besprenkelt, und man gerät womöglich in den unschönen Verdacht, auf den Rand gepullert zu haben, und wische ich die ab, so schwimmt ein kleines Papierle im Klobecken, und man gerät in den kaum weniger unschönen Verdacht, nicht gescheit gespült zu haben.

Die Teller hatte die Ulla im Herd vorgewärmt, und folgendes Leckeres gab´s, so daß man von meiner Appetitlosigkeit gar nichts bemerkt hat:

Großformatige Kartoffeln mit Schelfe (al dente), Gemüse (Möhren, Erbsen und Blumenkohl)← tiefgekühlt, und hinzu einen krustigen Fisch aus Alaska, und dann hatte die liebe Ulla auch noch ein Apfelmus mit Äpfeln aus dem Garten für mich aufgekocht. Hm! Dies schmeckte.

Ich erfuhr, daß Rehlein geschrieben habe.

Rehlein wollte wissen, wie das Konzert war, doch während sie den Brief noch niedertippte, ereilte sie bereits die von der Ulla eingescännte Kritik, so daß Rehlein mitten im fragenden Tippvorgang bereits im Bilde war. Dann antwortete ihr die Ulla, und für diesen Brief hat sich das süßeste Rehlein dann auch wieder bedankt.

Ich erzählte der Ulla von den vier Todesfällen binnen kürzestem in und um meinem Bekanntenkreis herum: Für das uneingeweihte Ohr klang´s natürlich nur nach einer simplen Auflistung, und die aufgelisteten Herren verblubberten in Ohr und Sinnen des Gegenübers, bevor sie richtig Kontur angenommen hatten. Einen Herrn aus Aurich hatte ich gar kurz vergessen – der sei allerdings schon alt gewesen, und bei ihm handelte es sich hinzu um einen alten Trottel, mit welchem Ming oft anstrengend anzuhörende Altherrengespräche geführt hat, während Julchen und ich still beim Tee dabeisaßen, und nichts beizutragen wußten.

Ein Herr mit unbeugsamen friesischen Grundsätzen – da sei´s nicht so schlimm gewesen! machte ich flüchtige Worte jener Art, wie sie von einem Christen wohl nicht so ganz gut geheißen würden?

Ferner – ich fuhr mit meiner Auflistung fort - der Mann meiner Freundin Susanne – 64 Jahre!

„Ach herrje!" denkt man da dem Sinne nach – und der mit knapp 73 Jahren dahingeraffte ehemalige Rektor der Musikhochschule wird sozusagen von links und rechts von zwei noch jüngeren Verblichenen gestützt, von denen ich je den Zunamen nicht kenne, da ich nämlich noch den 53-jährigen Siggi, als letzten im Bunde draufgesetzt hatte.

Wenig später hastete ich in meinen schönsten Schnallenschuhen und um Überpünktlichkeit bestrebt zum Hochzeitshaus.

Herr Eßer, der bereits über einer noch leicht dampfenden Tasse Kaffee saß, hatte sich so hingesetzt, daß er mich gleich frontal mit einem Lächeln empfangen konnte. Im Eck saß eine vereinzelte alte Schachtel, die mir so bekannt schien – allerdings eher aus Aurich oder Trossingen. Eine Seniorin mit einem grimmigen, tief in die Stirne gezogenen grauen Haarbusch.

Ich durfte mir ein Törtchen aussuchen, und bereute die Wahl nicht: Einen sahnigen Käsekuchen mit tiefroter Himbeerhaube.

Und – über diese Genüsse gebeugt - plabberten wir so wohltuend. Herr Eßer betreibe „Classic & Glas" (Konzerte im Glasmuseum) ganz ehrenamtlich, obwohl er mit der Klassik nichts am Hut hat, und nicht einmal Noten lesen kann.

Ich erzählte von Taiwan, und wie es dort undenkbar wäre, daß jemand keine Noten lesen kann, denn dies lerne man doch wohl bereits in der ersten Klasse! Es sei so undenkbar, als habe hierzulande jemand kein Telefon – ich verschwieg jedoch, daß ich selber zu diesem verschwindend geringen Prozentsatz zähle.

Während der Zeitspanne des Hiersitzens versuchte ich mich so zu fühlen, als lebe ich im Stockwerk über dem Café in Omis alter Wohnung, mit den großen Fenstern und hohen Zimmern.

„Im Hause nebenan ist einst ein Mord passiert!" verpasste ich dem plätschernden Geplauder eine jähe und ungewöhnliche Note.

„Ein Sohn hat seine Mutter gemeuchelt!"

Ich erfuhr, daß die Schwiegermutter von Herrn Eßer eine Weile lang in einem Altersheim nahe Hofgeismar innesaß. Er und seine Frau beglückten die alten Leute durch Karnevalsklänge aus seiner Kölner Heimat, doch während man noch eine unbeschreibliche Gaudi hatte, starb im Stockwerk darunter ein Herr eines nicht-natürlichen Todes, der nie geklärt werden konnte. Da lernte Herr Eßer, daß Leben und Tod einfach zusammengehören.

Eine demente Frau sang bei einem Hit von Nana Mouskouri einfach mit, und da bekam Herr Eßer „so einen Hals"! (vor Rührung.) Und ein dementer Herr erzählte plötzlich, daß er früher Architekt gewesen sei. Solcherart, als habe die schöne Karnevalsmusik seinen verloren geglaubten Verstand wieder herbeigeweht.

Die Gespräche wurden wieder etwas sachlicher:
Manche Künstler weigern sich, für 800€ aufzutreten, und Herr Eßer findet, daß die Künstler immer so unterbezahlt würden.

Ich erzählte jene Geschichte, wie mir in Aurich ein Herr mit Namen „Herr Schulze" (der Mann einer gewissen „Frau Schulze" aus Rehleins Teezirkel) eine Schallplattensammlung mit Streichquartetten von Beethoven in einer edlen Schachtel überreicht hatte. Aussortiert beim allgemeinen Entrümpeln.
Und als ich die erste Schallplatte aus der Schachtel zur Hand nahm, da stand auf der Unterhülle in einer enttäuschten Herrenschrift zu lesen:

Langweilig!!!
Die Welt wäre kein bißchen ärmer ohne Beethovens op. 59/1

In der Tat klang das Werk auf den ersten Horch gewöhnungsbedürftig, doch dies lag zum einen daran, daß das renommierte Streichquartett im Stile der 50er Jahre „wie mit dem Lineal gezogen" spielte, und zum anderen, daß man ein solches Werk nicht *einmal*, sondern siebenmal anhören müsse, bevor es sich erschließt, dann aber hat man das Gefühl nie etwas schöneres gehört zu haben, als eben dies zuvor noch mit solch kränkenden Worten bedachte op. 59/1.
Dies erzählte ich Herrn Schulze, und Herr Schulze gelobte, sich das Werk siebenmal von einem etwas besseren Streichquartett anzuhören.
Doch ich habe nie wieder etwas von ihm gehört.

Es wurde dunkel, und zum Schluß waren wir die einzigen, die da noch herumsaßen.

Herr Eßer würde es begrüßen, wenn ich mal in Immenhausen bei denen einen Kaffee tränke.

Als ich zu später Stund noch mein Händi aus dem Auto geholt hatte, öffnete mir der Janosch, der meine Silhouette gesehen hatte.
„Einen schönen guten Abend!" sagte er galant, und es ist eigentlich der einzige Satz, den der seltsam hohl und weltfern wirkende Jüngling an mich zu richten pflegt.

Donnerstag, 27. November
Grebenstein

Grau bis weiß verschleiert

Wieder wurde ich aus dem Teppich der Nacht in bleich-bräunlichen Frühdämmer hinausgerollt. Man liegt so quasi im Tage abgeladen da, aber das nötige Erhebungspulver ist leider nicht mitgeliefert worden.
Jetzt sah ich Herrn Reimer plötzlich so plastisch vor mir, wie in all den Jahren nicht. Man sah das chamäleonsartige Gesicht, - die Mundpartie von einem leisen weltfernen Lächeln umspielt.
Im Geiste erzählte ich *Frau Reimer, daß er mich überall hin verfolgt: Ich fahre nach Kassel, und da sitzt er*

auf einer Bank! Ich promeniere zum Gesang der Vögel über den Friedhof, und wer sitzt da unter einer tausendjährigen Eiche? Er!
Frau Reimer in mir jedoch dachte: „Ich kann mich jetzt unmöglich mit den Problemen anderer beschäftigen. Ich habe genug mit dem Frost in meinem Inneren zu tun."
„Aber das ist kein Problem!" sage ich mitten in ihre Gedanken hinein. „Ich freue mich darüber!"
Gestern abend sah ich kurzzeitig fast überirdisch schön aus – allerdings mit gelb-grünen Verfärbungen um die Augen – so wie Jemand, der nicht mehr lange lebt.

Ich schrieb einen langen Brief an Onkel Dölein, und berichtete von der Bärbel, die gesagt habe, daß Florida sie nicht reizen würde, obwohl sie doch noch gar nie da war! Und sollte die Freude über ein Wiedersehen mit Onkel Dölein sämtliche Unreize, die das Rentnerparadies Florida auf einen ausüben mag, nicht einfach überspülen?
Auch ein Brief an die Frauke kam weg.
Ich berichtete von Omis Wohnung, und dem gebogenen Spazierstock an der Wand, der nur darauf warte, daß auch ich in die Jahre käme.

Heute plante ich einen Besuch in Kassel, und empfand diesen Besuch als unerhörten, puren Luxus: Normale Damen in meinem Alter gehen zur AOK oder ins Sanitätsgeschäft um Stützstrümpfe zu kaufen, und mir schwebte lediglich ein

neuer Kalender und eine Clara Schumann CD vor, denn leider mußte ich mich heut von meiner schönen CD trennen, die es galt, in die Bibliothek zurückzutragen. Doch am Abend sollte ich betrüblicherweise ohne eine neue Clara Schumann CD zurückkehren, denn Classic-CD´s im freien Verkauf gibt´s heutzutage leider nur noch in dieser Form: „The Best of Lang-Lang", oder André Rieu, Weihnachtssongs, Chopin at his best, und dererlei.
In der Bibliothek fühlte ich mich mit der abzugebenden CD wie eine Mutti, die ihr Adoptivkind zurückgeben muß.
„Vielen Dank! Sie haben die Kleine wunderbar gepflegt!" sagen zwei Beamtinnen freundlich, und behalten den duftenden warmen Säugling ein.
In meinem Falle aber waren dies natürlich die beiden ganz besonders schwatzhaften Bibliotheksdamen, die ohne Punkt und Komma aufeinander einzuschnattern pflegen.

Kassel ist jetzt so schön geschmückt, und das Rathaus hat man in einen Adventskalender verwandelt.
Auf dem Heimweg wurde ich von weihnachtlichem Glanz umfangen, und vor dem Kaufhof stand eine güldene Figur vor dem Tore. Ein Schausteller, der zu einer leblosen Statue tiefgefroren schien.
Jetzt, wo ich fast sieben Monate lang so sparsam gelebt hatte, fühlte ich meine finanzielle Not nicht mehr. Ich spiegelte mich in den blitzenden

Spiegeln, doch ich sah so kummervoll aus. „Jetzt schau doch nicht so verhuscht!" sagte ich mir, und versuchte, froh auszusehen.
Leider sind Staus und Ampeln ohne meine schöne CD nun wieder lästig, da ich nur noch HR4 hören kann.
„Das muß die Liebe sein!" sang ein Schlagerstar ganz hart, und frei von Zauber und Poesie.
Nach dem Schlager waren wenigstens die Nachrichten ein bißchen interessant: Es ging um einen ermordeten 53-jährigen Herrn in Dillenburg.
Die Ehefrau meldete das Ableben ihres Mannes, doch nun steht sie selber unter Verdacht!
Hätte sie das mal für sich behalten, und ihn im Garten verbuddelt!

Am Abend kamen noch zwei Einzeiler von der Ulla, die das morgige indische Essen ernstgenommen zu haben schien, und dem womöglich auf ihre stille und zurückhaltende Art gar entgegenfieberte?
Etwas, was sie allerdings unter ihrer bruddeligen Kruste unter der das goldene Herz glüht, gut zu verbergen verstand.
„Ist 12:30 OK für Dich?" (schriebse dürrzeilig)
Ich tat so, als würde ich von der Arbeit regelrecht erdrückt, und man einigte sich auf 13 Uhr.

Freitag, 28. November
Grebenstein

Bleich & grau. Sehr kühl.
Der Winter steht vor der Türe, hat bereits die Schelle betätigt, und wartet ungeduldig auf Einlaß

Ich träumte einen Knasttraum zusammen:
Wegen irgendetwas mit dem Führerschein saß ich 14 Tage lang im Knast. An eine rostige Knastpritsche gelehnt saß ich so da, die Knie spitz in die Höhe gewinkelt, wie Rehlein dies nicht so gerne sieht, und die Zeit wollte und wollte einfach nicht voranschreiten.

Am Vormittag rief der süße Ming an.
Wir besprachen verschiedene Themen: z.B., daß ich mir einen neuen Bratscher suchen sollte – doch den finde mal! Die sind doch alle saublöd!

Ich erzählte der Ulla im Auto blumig und verästelnd von meinem Vetter Heiner, der bis vor kurzem eine Großfamilie – bestehend hauptsächlich aus lauter kleinen Buben zwischen 5 und 12 Jahren - am Bein hatte. Seine Freundin Monika brachte sechs Kinder in die Freundschaft mit: Eine Tochter, die bereits groß und verständig, kurz davor stand eigene Wege zu gehen, und fünf kleine Jungs! Die gesellten sich nun zu Heiners beiden eigenen Söhnen. Aber auch Heiners Exe Melanie

fand ein neues Glück: Einen Herrn namens Guido, der ebenfalls ein Söhnchen mitbrachte: Und wie es der Zufall will: Melanies einer Sohn heißt Fabilein, und der Sohn vom Guido heißt ebenfalls Fabilein.
Ruft man: „Fabilein!" so stürmen gleich zwei kleine Mondkälber herbei.
Die beiden Buben gleichen Namens befreundeten sich tief, und so hing der zweite Fabi auch ständig beim Heiner herum…
Doch die kleine Großfamilie, für die man sich extra einen Kleinbus gekauft hatte, sei mittlerweile wieder auf ein Normalmaß zurückgeschrumpft.
Man harmonierte auf Dauer nicht, und die Monika zog weiter…
Zu dieser Geschichte waren wir an einem indischen Lokal in einer stillen Seitenstraße angelangt, und die Ulla machte ein selbstzerfledderndes Gedöns wegen ihrer Einparkerei! Mal schien ihr das Auto zu krumm, dann wieder schien der Abstand zum Vorparker zu groß.
Im indischen Lokal waren wir die einzigen Gäste.
Die Tische waren gedeckt wie bei einer Hochzeit.
Weingläser, kunstvoll drapierte Servietten und alles sahneweiß. Der indische (?) Herr war sehr höflich, und doch fühlte sich seine Höflichkeit für mich so an, als sei´s Fassade.
Mings schöne Worte, die ich eigentlich erst hier hätte anbringen sollen, hatte ich zuvor bereits im Auto angebracht: „Du bist eingeladen, und darfst ruhig schamlos sein!"

Wir versenkten uns in die Speisekarte, und der Ulla hatte das mit Curry eingeschäumte Gericht beim letzten Mal so gut geschmeckt, daß sie es heute erneut bestellte. Ich wiederum entschied mich für Huhn mit gelbem Curry.

Nach einer Weile wurde uns etwas serviert:

„Grüße von der Küche!" sagte der Kellner in leicht unecht wirkender aufgeschäumter Rührungsheischung.

Serviert wurde ein hauchdünner Fladen mit drei winzigen Creme-Behältern: gelb, schwarz und grau, die der Ulla leider nicht würzig genug waren.

Wir unterhielten uns darüber, was wir heut wohl noch vor hätten, und ich berichtete, wie ich mir alles Auszulosende zuvor aufschreibe: z.B. „zehn Minuten staubsaugen". Die Ulla bekam ganz große Augen, denn in ihrer Logik saugt man doch wohl so lang, bis alles schön sauber ist, und hört nicht einfach nach zehn Minuten auf!

Da mußte ich lachen, denn ich habe ja eher meine Probleme damit, die zehn Minuten überhaupt auszufüllen, denn meist fällt mir schon nach 6-7 Saugminuten nichts mehr zum besaugen ein. Ratlos fahre ich das dröhnende Gerät mit dem ich seit je her auf Kriegsfuß stehe über den Teppich und habe eher das Gefühl, den Staub hineinzuplätten, statt ihn herauszusaugen.

Nach dem Speisegenuß fuhren Ulla und ich zur Tante Erna.

Es war nämlich so, daß Ullas uneheliche Schwiegertochter Alice eine, in den Sinnen von Omi Ulla wohl etwas übertriebene Weihnachtsüberraschung plant, die *mir* wiederum gefiel:

In einem Adventskalender, bestehend aus lauter selbstgenähten feinen Säckchen, sollte jeden Tag ein Tierfigürchen für einen Bauernhof vorzufinden sein. An Weihnachten habe man somit 24 Tiere beisammen, und den hinzugehörigen Bauernhof wünsche man sich nun von Omi Ulla als stabilen dauerhaften Besitz, wobei auch noch in den Lüften lag, daß man den Onkel Noah bitten wolle, sich an diesem äußerst großzügigen und kostbaren Geschenk für die kleine Josephine zu beteiligen.

Wir fuhren in einen Winkel von Vellmar hinein, wo drei schmuddelige, dunkelgraue häßliche Wohnblocks aus der Erde in die Höhe schossen. Im Norddeutschlandviertel, wo alle Straßen nach einer Stadt in Norddeutschland benannt sind.

In der Cuxhavener Straße wohnt die Tante Erna: Eine hessisch wirkende Frau mit dünnem Nasenbein und tiefhängenden Brüsten, die nahtlos in den Bauch zu zerfließen schienen. Die Damen begrüßten sich mit einer mehr symbolischen, denn innigen Umarmung, wir wurden ins Wohnzimmer gebeten, und die Erna frug multipel, ob wir nichts zu trinken oder zu naschen wünschen?

„Wollt ihr immer noch nichts zu trinken und zu naschen haben?" frug sie gar ein drittes und auch noch viertes mal, wie dies Hessenart ist, doch die

Ulla schmetterte das schöne Angebot stets brummig ab, und versuchte „zur Sache zu kommen".

Auf dem Tisch hatte die Erna schon ganz viele Tierfigürchen, ähnelnd jenen, die normalerweise in der Thalia feilgeboten werden, aufgestellt: z.B. Pferdchen mit Satteln und Decken, und auf einem Pferderücken bog sich anmutig eine Voltegierdame in einer Pose, doch dieses passte eher nicht in den Bauernhof, und wurde somit gleich aussortiert. Brummig schaute sich die Ulla all dies an, und suchte schließlich so etwa 26 Teile hervor.

„Wieviel willst du denn dafür?"

„Nichts!"

„Wie nichts??!?"

Die Ulla wollte die Tiere keinesfalls geschenkt haben, zumal dies Geschenk ja auch nicht für *sie* sei.

„Dann mach mir doch einfach ein Angebot!" sagte die Erna ergeben.

„Das kann ich nicht – ich bin kein Händler!" sagte die Ulla mit ihrer redlichen, norddeutschen Sanftware im Gehirn, und nun mußte mit Hilfe von Katalogen alles mühsam aufgelistet und zusammengezählt werden, doch dies wäre verdammt teuer geworden, da die schön gearbeiteten Tiere je zwischen 7,99 und 18,99 € wert waren, und so einigte man sich schließlich auf 50 symbolische €uronen.

Auf dem Heimweg erzählte ich der Ulla, daß ich meinem Vater immer ähnlicher würde, doch die Ulla sieht nur Rehlein in mir.

Dann erzählte ich, wie Ming unlängst von der Ferne, durch zwei Zimmer betrachtet, plötzlich genau so ausgesehen habe wie unser Vater.

Doch Ming sei viel reifer als Buz. Das Schicksal habe ihm bittere Erfahrungen aufgedrängt.

Die Ulla wollte noch wissen, von was die jungen Leute in Aurich wohl so leben, und konnte es kaum glauben, daß man so viel für ein Festival arbeiten müsse, daß keine Zeit mehr für Klavierschüler bliebe?

Von ihrer Freundin Karin hat die Ulla allerhand über Buz und Uta erfahren, denn die Familie König habe vor Urzeiten neben Karins Familie gewohnt.

Die Königskinder haben gerne etwas verkauft:

An der Straßenecke bauten sie einen kleinen Verkaufsstand auf, und boten interessante Ware feil. Und eines Tages – dies wußte wiederum ich – hat der 7-jährige Buz sein geniales Osterbild für nur zehn Pfennje verkauft!

Ein reifer Herr, der des Weges kam, sah mit Kennermiene sofort, daß das Bildnis eines jungen Osterhasen, der so lebendig wirkte wie die Mona Lisa im Louvre, doch wohl mehr als nur zehn Pfennje wert war. Und zwar bedeutend mehr!

„In hundert Jahren ist es womöglich Millionen wert!" mag der Herr gedacht haben, während er sein Börsel

zückte. Er kaufte Buzen das Meisterstück ab, und rundete den Betrag auch noch ein wenig auf – jedoch in weiser Voraussicht nicht allzusehr, auf daß "der Junge nicht abhöbe".
Buz brauchte das Geld, um seiner Mutter ein schönes Geschenk zum Muttertag zu kaufen.
Viele Jahrzehnte später brachte ein Nachfahre des mittlerweile verstorbenen Käufers der Omi das kleine Geniestück zurück, und die Omi reckte ihre dünngewordenen welken Ärmchen in Ergriffenheit in die Höh´, solcherart als wolle sie den Himmel berühren um Gott zu danken!
Doch wo ist es geblieben? Die Omi hat das schöne Bildchen wie ein Heiligtum gehütet und irgendwo versteckt, wo es keiner finden sollte – doch wo? Dies Geheimnis hat sie mit ins Grab genommen.
Und eines Tages – wenn ich vielleicht 88 Jahre alt bin, wird mir der Zufall das kleine Bildchen womöglich wieder in die Hände spielen, hoffte ich. Diesen Moment möchte man noch erleben.

Auf der Rückbank von Ullas Auto befand sich ein Geschenk für mich: Ein rührendes Geschenk, das ich nun ergriffen seiner geschmackvollen Verpackung entschälte: Feinste Pralinées und eine Karte mit einem 10 €-Schein, zur freien Verjubelung. Ich war gerührt!

Mehrere Leute stehen vor großen Problemen: Einem 19-jährigen Deutschen in den USA droht

die Todesstrafe, dieweil er seine 3-jährige Stieftochter totgehauen hat.
Zwei Graffiti-Sprüher aus Leipzig hatten die klinisch saubere U-Bahn in Singapur besprüht – doch dort herrschen andere Verhältnisse als in Leipzig: Es erwarten sie 25 Jahre Haft + acht Stockhiebe pro Person.

Samstag, 29. November
Grebenstein – Oberbalbach

Grau, bleich und kalt. Stellenweise Nebel

Ich beugte mich dem Weckerschrill, auch wenn es draußen noch düster und nieselig verhangen war, und nach einer Weile joggte ich in den sich entrollenden Tag hinein, der langsam und geheimnisvoll aufdämmerte.
Hernach besuchte ich die Ulla, und bedankte mich überschwenglich für das nette Geschenk, auch wenn ich´s doch bereits gestern getan hatte. Auch den 10€ Schein ließ ich in meinen heißen Dankesworten nicht unerwähnt, denn was sich damit alles bewerkstelligen ließe!
Die Ulla lächelte, da ich mich ja fast auf *ihr* Sitzkissen draufgesetzt hätte. Ein Sitzkissen, das wie ein großes Bonbon ausschaut, und der

kniegeschädigten Ulla in jener Hinsicht dienlich ist, daß man darauf etwas leichter vom Stuhl auffedern kann. Jetzt reichte sie mir ein anderes, sehr schön geblümte Kissen herüber.

„Bitte schön!"

„Danke sehr!"← hätte ich sagen sollen, schwieg indes, da die schöne Freundschaft sonst doch wohl in übertriebener Höflichkeit ersäuft würde, wie ich fand.

Wie der Alice die Tierfigürchen gefallen hätten?

„Ja, super!"

„Und hat sie die bezahlt?"

„Nö,- und das hatte sie wohl auch nicht vor."

Die Ulla lächelte, weil die Alice es schon gewohnt sei, daß ihr immer alles geschenkt wird, und den teuren Bauernhof soll die Ulla ja auch noch zahlen! Ich erzählte, wie der Opa die Puppenstube und Puppenstubenmöbel für Rehlein einst bei Gefängnisinsassen in Auftrag gegeben habe.

Die hatten Zeit, und hinzu Freude an der Arbeit.

Ich erfuhr, daß Ullas Vater sich etwas ganz anderes aus dem Gefängnis geholt hatte: Eine Dreschpeitsche – vorwiegend für den Jürgen, aber auch die Gerda bekam einmal etwas ab.

Dies aus Eifersucht, bzw. der Furcht, sie könne schwanger werden. Sah man sie mal mit einem Jungen zusammenstehen, so ließ Vati Arthur die Peitsche sprechen.

Hernach verabschiedete ich mich warm von meiner Freundin Ulla aus diesem Jahr, das für mich bislang kein schlechtes war, auch wenn es uns Herrn Reimer entsogen hat.

In der Hessenschau hörte man etwas über ein Thema unserer Tage: Eine junge Türkin, die bei McDonalds zwei Damen, die von zwei gröhlenden Serben belästigt wurden, voll Zivilcourage zur Hilfe geeilt war, wurde niedergestoßen, und verletzte sich dabei so schwer am Kopf, daß sie als hirntot eingestuft wurde, und genau gestern, an ihrem 23. Geburtstag verfügte die Familie, daß die lebenserhaltenden Maschinen abgestellt werden mögen.
Mit einem wohltönenden „Pling" wurde ein Brief Rehleins angekündigt.
„Du näherst Dich…" schrieb das süßeste Rehlein als Subjekt –„im Sauseschritt, und bringst die Liebe mit!" setzte sich das Brieflein fort, als man es aufgeklickt hatte. Worte, die man einem köstlichen Schlager entnommen hatte.

Ich schrieb dem Onkel Andi, und erinnerte daran, was heut vor 20 Jahren geschah:
Ich übernachtete bei Andi & Lisel nachdem wir einen vergnüglichen Abend im Bonner Bahnhof-Restaurant verbracht hatten, wo wir auf meinen Spätzug nach Stuttgart warteten. Doch kurz bevor gegen 22:48 der Zug eintreffen sollte, entschieden wir uns um, und fuhren zu denen nach haus.
Und die Lisel, damals Anfang 60, war geistig noch voll auf der Höh´, und sorgte in Andis Leben für

Behagen und Gemütlichkeit – so, wie im Buch „die deutsche Hausfrau" animierend beschrieben.

Poesievoll setzte ich dem Anderle auseinander, wie ich abends den Staub der Jahre hinweg zu pusten pflege, um mich in eine alte Erinnerung hineinzuschmiegen. Doch die Erinnerung wird mit seufzenden Gedanken, „wie´s wohl „heut IN 20 Jahren so ist", getränkt und getrübt.

Fast 23 Jahre meines Lebens stehen bereits zusammengeschnürt in einem Erinnerungssack in der Ecke.

Ich fuhr zur Ulla um meinen Briefkastenschlüssel einzuwerfen, dieweil mir ja leider eine Blitzungsklage* droht, und die Ulla sich erboten hatte, während meiner Abwesenheit nach meiner Post zu schauen.

*Dies sei allerdings das Einzige, was ich noch erwarte.

Ich hatte eine Kündigung für meinen quälend lahmen Internetstick an die Firma „Debitel" geschrieben, die ich nun nach Kassel brachte.

Überraschenderweise war es gänzlich unkompliziert, die Kündigung abzugeben, während Rehlein in mir sich doch bereits Gedanken gemacht hatte, wie eventuell drohende Gegengeschosse wohl gescheit abzuschmettern seien?

„So einfach ist das nicht!" sagte jemand auf Art von Mareike Spams in meinem Kopf – doch in Wirklichkeit nahm mir lediglich ein gutmütiger

Herr den Wisch ab, überflog ihn, und leitete ihn an die Zentrale weiter.

Vor der Buchhandlung Thalia musizierten zwei Opas Jingle-Bell-Songs: Geige & Akkordeon, und lächelten während des Spiels fröhlich zu ihren eigenen Bemühungen.
Denen legte ich einen blitzenden zwei-€uro-Taler in den Kasten, so daß das fröhliche Lächeln auf den jahresgegerbten Gesichtern für mich noch kurz etwas intensiviert wurde.
Dann wurde ich im Menschenstrom mitgezogen, und versuchte beständig mit meinen Ohren interessante Unterhaltungsfetzen aufzuschnappen.
Ein Herr schob einen Kinderwagen, und richtete ihn einmal fast senkrecht in die Höhe, um etwas besser auf seinen Nachwuchs draufzublicken.
Wenn das Baby bei diesem Schwunge nicht irgendwann mal in hohem Bogen auf den Boden fliegt?!

Fahrt ins Schwabenland:
Ich erwog, Frau Reimer nochmals zu besuchen. Denn fast alle Freunde, die ich so habe, habe ich ja geerbt, und vielleicht sollte man sich mal ein paar eigene zusammensuchen?
Ich fuhr weiter durch die Nacht, und sann weiter über Worte nach, die man wohl hätte anbringen können? Herr Reimer hat mir seine Freundschaft ja ge*schenkt!* Später behauptete er zwar, ich hätte

seine Freundschaft verraten und verkauft, doch dies ist schlicht unwahr. Eine aus dem Boden gestampfte Behauptung, die auf nichts fußte.

Wieder stellte ich mir vor, wie ein Besuch bei Frau Reimer wohl ausschauen könnte?

„Du hast ihm ein so wunderschönes Begräbnis organisiert, doch hätte er dies im umgekehrten Falle genauso gemacht? Nein!"

„Du vermisst deinen Jürgen!" sage ich liebevoll.

„Ich vermisse ihn auch zuweilen – allerdings nur in jener Form, wie er bis zum Jahre 1990 war – und seither vermisse ich einen Menschen, den es nun seit bald einem viertel Jahrhundert nicht mehr gibt!"

Doch sie vermisst ihn nicht, und ich tue es ebensowenig. Nirgendwo ist dieser Mensch besser aufgehoben als auf dem Friedhof.

Ich könnte sie dazu einladen, in meinem Auto zu sitzen und Bruckners Nullte zu hören! dachte ich in meiner grenzenlosen Begeisterung für dieses Werk, das ich schon viele tausende Male einfach so, um des Anhören Willens angehört habe. So auch jetzt.

Ich behinderte die anderen Autofahrer, die sich nach Art einer Lichterkette hinter mir her bewegten durch meinen langsamen Fahrstil.

Schließlich traf ich bei meinen neuen Gasteltern, der Familie Wirtz ein: Der Hund kläffte los, und es roch so schrecklich nach Hund!

So richtig schön und gemütlich ist es in diesem Hause nicht, weil Mutti Wirtz, dem Grundtypus einer trockenen und rupffrisurigen schwäbischen Cellolehrerin?, mit ihrem Dalton-Syndrom* von früh bis spät alles über den Kopf zu wachsen droht.

*Das Dalton-Syndrom:
Benannt nach einem Herrn in Australien, der ebenfalls daran litt, wie ja der Name schon sagt: Vor eine geplante Tätigkeit zwängen sich beständig andere Tätigkeiten, die sich einem auf dem Wege dorthin aufdrängen.
Beispiel:
Man möchte einen Beschwerdebrief an die Telekom schreiben, und öffnet eine Schublade, hinter welcher man das Briefpapier wähnt. Doch die Schublade klemmt. Dann möchte man den „Klemmtner" anrufen, und holt das Telefonbuch herbei – doch das Telefonbuch ist veraltet, und unter der gewählten Nummer tönt ein hohler Dreiklang, und während man sich verärgert den hohlen Dreiklang anhört, fliegt eine Motte an einem vorbei, so daß man sich darauf besinnt, eine Mottenfalle herbeizusuchen – hat man nicht noch eine im Keller? Doch die ist womöglich veraltet? …..

Direkt nach der eher fahrigen Begrüßung wollte sie mir die Lieder für den morgigen Gottesdienst herausschreiben. Sie blätterte in den schweren Büchern, lippenfürzelte irgendwelche ungreifbaren Melodien dazu, um auf nervöse Weise die Durststrecke zu überbrücken, bis sie das Lied das ihr vorschwebte gefunden hatte.
Doch sie schrieb so klein, daß ich mich ständig leicht verlas, und somit bitten mußte, es etwas größer zu schreiben.
Seufzend machte sie es nun am Computer, und als ich die zeitliche kleine Durstspanne dazu zu nutzen suchte, das Häusl aufzusuchen, fiel ihr ein, daß sie

schnell noch das Waschbecken schrubben, und hinzu ein neues Handtuch hinhängen müsse.
„Wenn Sie kurz wartöt…" sagte sie fahrig nervös.

Schließlich betraten wir die kalte Kirche.
Oben auf der Empore befand sich gottlob ein Grill, an dem man sich zumindest partiell wärmen konnte, und nun versuchte die Pfarrerin angestrengt, die Lieder aus den verschiedenen Liederbüchern herauszuschreiben – und es klang ja furchtbar, was sie da zusammengeschrieben hatte!
Tausend Kleinigkeiten galt´s nun, sich zu merken, („…da müssöt Sie wieder an den Anfang zurückspringö!") und nun übte ich eine Weile, mich in diesem vertrackten Mehrstimmigkeitsnetz zurechtzufinden, und stak ja grad in der gleichen mißlichen Lage wie bei meinem letzten Besuch im Mai vor zweieinhalb Jahren.
Dann sang sie es einmal mit, und kurioserweise ist diese Pfarrerin, die allgemein als anstrengend und schwer zugänglich empfunden wird, sehr musikalisch und singt so schön.
Und dennoch ist´s eine Frau, von der ich annehmen würde, daß Rehlein sie spontan und auf den ersten Blick nicht leiden können würde.
Über den geplanten Ablauf des Goddesdienschtös sagte die Pfarrerin: „I tät ihnö no kurz d´Hand schüttlö!" (Ich tät Ihnen noch kurz die Hand schütteln!) (auf schwäbisch)

Ich verbrachte einen einsamen Abend in meinem karg möblierten Zimmer, wo ich einfach meinem Schicksal überlassen wurde, so als stünde die Gastfreundschaft erst ab Morgen auf dem Plan.

Das Familienleben versickerte – obwohl mich die Pfarrerin auf ihre unbeholfene, torfige – man möchte beinahe sagen „Kinzigtaler"-Art, eingeladen hatte, am warmen Wasser im oberen Badezimmer zu partizipieren. Doch ich hätte gar nicht gewußt, hinter welcher Türe?

„Sie könnöt da obö dös Warmwasser mitnutzö wenn Sie wollöt!"←sagte sie.

Zu später Stund kam sie in ihrem Schlafanzug noch die Stiegen herab, und überreichte mir einen Berg Handtücher und eine Packung Tempotaschentücher, die offenbar in der Gastfreundschaft mit inbegriffen waren.

Sonntag, 30. November
Oberbalbach

Grau und leider eiseskalt

Auf der breitflächigen Liege empfand ich ein großes Bettbehagen. Das Zimmer um mich herum wirkte verlottert, schmuddelig und karg, wurde allerdings gestern, in Streß eingebettet, notdürftig geputzt, und zumindest „an"gesaugt. D.h. die Pfarrerin begann zu saugen, wurde jedoch bald von einer anderen Tätigkeit vom Pfade hinweggepustet, und dies sah man daran, daß nur *eine* Ecke gesaugt war.

Die Aussicht aus dem Fenster auf alte Häuser, in einer Atmosphäre wie vor hundert Jahren, gefiel!

Wegen dem Gottesdienst und meinen Auftritten mit den wirren Anweisungen der Pfarrerin gespickt hatte ich richtig Muffensausen!

(Hier wieder in den Anfang zurückspringen, dieses Flickerl weglassen, die beiden letzten Töne weglassö – dort weiterspielö, und, und und…)

Das Bettbehagen war so groß, doch ich mußte mich in den nebelverhauchten Alltag hinausmühen.

Die Pfarrerin pochte hart an die Türe, sagte allerdings nicht „Bad isch frei", sondern „Frau König, was trinköt Sie?"

„Egal. Das, was es eben gibt!" sagte ich mit einem munteren Funkeln in der Stimme, das sich aber nicht so recht mit der scharmfreien Ökoart der schwäbischen Pfarrerin mischen wollte.

„Wollöt Sie lieber ö Brot oder ö Müsli?"

„Egal. Das was es gibt!"

Am Sonntag schläft die Familie, allen voran der rübezahlartige Krankenpfleger „Herr Wirtz", gerne aus.

Die Pfarrerin sagte: „Die nütztöt dös aus!" so daß ich mit ihr alleine frühstücken mußte.

„Machöt Sie die Tür bitte zu!" sagte die Pfarrerin – man habe nämlich ein kleines Häslein da.
Das Häslein habe unlängst geworfen, und zwei der fünf kleinen Häsleins sind bereits dem dumpfen Haushund Hoschi zum Opfer gefallen.
„Oh je!"
Reste an Befangenheit ließen sich schwer abstreifen, indem ich nur so rumstand, um schließlich auf Art von Beate Lerch etwas unbeholfen auszurufen: „Darf ich etwas helfen?"
„Sie könnöt da---„ die Pfarrerin brach den Satz auf halber Höhe ab, und wies auf die Haferflockenmahlmaschine, - ein antroposophisch wirkendes Holzgerät. Man muß nur eine Taste drücken, und dann regnet´s in bedächtigem Tempo Haferflocken in ein Behältnis hinein.
Und dann mußte ich noch drei Kerzen anzünden.
Vor dem Tisch war ein flexibler weicher Hasenstall mit beliebig verstellbaren Grenzen aufgestellt, und innerhalb der Umzäunung war der Boden mit kleinen Hasenböppeles übersäät.
„Du hasch auf den Boden gePISST!" herrschte die Pfarrerin das kleine Häslein unschön an, „und das ist **widerlich!**" Und das Wörtchen „widerlich" sprach sie mit fast boshaftem Beiklang aus. Dann griff sie sich einen Besen und kehrte den Unrat stressgepeinigt und provisorisch zusammen, da dies ja eigentlich die Aufgabe vom 12-jährigen Jonathan sei, der noch im Bett vor sich hin schmurgelte, wie sie sich währenddessen ärgerte.

Am Tisch versank sie kurz in stillem Gebete, aber das Frühstück war köstlich: Selbstgemachtes Crunchy mit griechischem Joghurt.
Die Lage entspannte sich.
Man schaute frontal auf den schönen Weihnachtskalender der Firma „Lindt" für die Kinder drauf.
„Da platzt man doch schier vor Neugierde, was sich dahinter wohl verbirgt??" formulierte ich einen Satz, der auf das Leben der Pfarrerin so gar keinen Sinn ergeben wollte, und vielleicht eher zum Pröppilein gepasst hätte.

Heute herrschte leider ein Tag, den es galt, gewaltsam herumzubringen.
In der Kirche begrüßte ich die fränkische Küsterin, die durch den fränkischen Dialekt vielleicht ein wenig einfältig rüberkommt? Nett fand ich dann allerdings, daß sie mir ein Kompliment zu meinem Kleide machte.
Es war sehr kalt, und die Wärme, die man in der Kirche tankt, ist ja letztendlich bloß eine geborgte Wärme. Mein Kleid aus dem Auto war jedenfalls eisig. 7 ½ Minuten Glockengebimmel, und der G-Saiten-Wirbel ließ sich nur mühevoll drehen.
Dann begann´s:
Ich spielte den 1. Satz von der a-moll Sonate von Bach, doch hatte sich die Pfarrerin zum ersten Advent nicht etwas Fröhliches gewünscht?
Und jetzt klang´s so schmerzbeladen!

Die Predigt hoch oben, auf schwäbisch gehalten, kam mir so sonderbar vor, und auch wenn ich sie geistig nur bruchstücksweise aufpickte, so glaube ich doch, daß die innewohnen sollenden Weisheiten in äußerst unbeholfener Pseudologik zusammengetragen worden waren.
Wir erfuhren, daß man die Konsequenzen dessen tragen muß, wenn man nicht auf GOTT gehört hat.
JESUS wird kommen?
„Ja, wann kommt er denn endlich?" sagte die Pfarrerin.
Dieser Satz sollte flapsig und locker rüberkommen, und wir erfuhren ferner, daß Frau Wirtz, sollte jemand fragen: „Sind Sie Frau Wirtz?" „Ja" sagen täte, JESUS aber nicht. JESUS an ihrer Statt würde sagen: „Ich trage kein Namensetikett. Versuche selber herauszufinden, wer ich bin!"
Und warum tut Frau Wirtz dies nicht auch? frug ich mich. Wäre es nicht pragmatischer, zu sagen: „Der Name tut nichts zur Sache!"

Mit großer geistiger Anstrengung schaffte ich es, die Lieder auf der Violine zu begleiten, und zum Schluß wurde eine ehrenamtliche Chorleiterin verabschiedet. Ich hatte gemeint, sie sei verstorben – aber nein! Sie saß in der ersten Reihe, und wurde mit einem Blumenstrauß und einer hölzernpfarrlichen Umarmung bedacht, und bei ihren heißen Dankesworten brach der gefühlvollen Chorleiterin vor Rührung die Stimme.

Fleißige Landfrauen hatten einen schönen großen Adventskalender gebastelt, und ich stand wie bestellt und nicht abgeholt im Tage herum.

Ich begrüßte den dicken Mann von der Pfarrerin, und die Zwillinge schienen mir so winzig wie vierjährige. Dabei sind sie schon fast acht, und doch kamen sie mir noch jünger vor, als vor zweieinhalb Jahren.

Fröstelnd quälte ich mich in die Kirche, doch dort tobte der Kindergoddesdienscht, so daß ich die Zeit zum dichten in der Sagrischtei nutzte.
Eine Bienenschwarm-Atmosphäre umbrandete mich bei meinen Bemühungen in der Dichtkunst.
Schließlich verebbte der Lärm. Totenstille kehrte ein, und diese Totenstille füllte ich nun mit meiner Violine aus, um für´s abige Konzert um 17 Uhr zu üben. Mit eiskalten Fingern nestelte ich das E-Dur Präludium herab.
Jetzt war es bereits 13 Uhr 19, doch ein Mittagessen mit der Pfarrerin war eigentlich nicht vereinbart worden. Und dies, obwohl Sie doch geschrieben hatte: „I tät Ihnö zweimal kochö!" Nein, natürlich nicht in diesen Worten, aber dem Sinne nach, und zu jenem Zwecke, die beschämende Gage ein wenig auszugleichen.

Und so schellte ich an der Türe: Einer von den Zwillis öffnete, und bald wuselte auch schon der andere herbei.
„Wir sind eigentlich am essen!" sagten sie. „Gaaaanz leckeres Essen!"
Ich bin dennoch mit hinaufgegangen.
„Aah, sie essen schon!" sagte ich etwas hilflos.
„Jaaaaa", sagte Frau Wirtz, etwas in die Länge gedehnt und dann knapp endend, so wie sie es öfters zu machen pflegt. Solcherart als spanne man ein Gummi, um es sodann ganz rapide hinwegzuschießen.
Man bat mich aber an den Tisch, und der dickleibige, so jedoch sehr sympathische Herr ist wohl etwas zugänglicher und aufmerksamer als seine Frau, indem er ein Auge draufhält, was dem Gast wohl so fehle? Es gab Kartoffeln in dreierlei Farben und Lammripple: Kleine Fleischinseln, aus welchen ein Knöchelchen ragte, an dem man sie halten und benagen konnte.

Der kleine David holte das Skript zum Krippenspiel herbei. Er spielt Schaf II, und eine Stelle, die er auswendig lernen mußte, war mit dem Edding gelb markiert.
„Pessimist!" rief der Simon, der auf der Fensterbank saß, nachdem der David den kleinen Reim aufgesprochen hatte.
Den kleinen David kränkte es so sehr „Pessimist" genannt worden zu sein, daß er sein kleines

Kinderhaupt in einer ganz bockigen Ausstrahlung geknickt hängen ließ.
Pfarrerin Wirtz erlaubte dem kleinen Kerl, mit ihr zu kuscheln.
Plötzlich schmiegte sich jemand an meine Beine. Das Häslein war´s! Es erinnerte direkt an das Pröppilein, als es einmal schmuserig gestimmt war, und sich liebevoll an mich schmiegte.
So nach und nach durfte auch ich alle drei Hasenbabys mal halten. Sie fühlten sich so zart und weich an, allerdings muß man ja immer damit rechnen, daß sie gleich lospullern.
Der 12-jährige Jonathan, ein schlanker Junge mit einem vogeligen Näschen war sehr höflich, nannte mich „Frau König", und siezte mich. Nach der Mahlzeit, die mit einem Gebet abgerundet wurde, wollte er mir sein Lego-Paradies zeigen.
Die Ungeheuer, die er aus Legosteinen zusammengebastelt hat, gefielen mir nicht, doch der Jonathan hat sich damit eine echte Parallelwelt geschaffen, über die er nun anstrengend anzuhörend referierte. Doch einmal wurde sein anstrengendes Referat plötzlich interessant: Er erzählte von einem Legohaus, und in diesem Hause lebe er mit seinen Brüdern: Einer ist Doktor, der andere Fußballstar, und er selber sei Klempner. Und wenn er gerufen wird, um ein Auto zu reparieren, so baut er dem einen Zeitzünder ein, der nach 24 Stunden explodiert! „Prrrrrrrrrrrrrrrrr!" untermalte er diese Schilderung lustvoll.

Für Legos gibt er pro Jahr 300€ aus, doch einen Großteil der Finanzierung übernimmt seine Patentante, deren Mann Anwalt von Beruf sei, so daß sie im Gelde nur so schwimmt.
Aus seinem Zimmer kann man mit dem Fernglas auf Dächer und Häuser schauen. Am liebsten schaut er in die Fenster, doch heut sei niemand daheim.

Später stahl ich mich wieder bei Eiseskälte in die Kirche. Zuweilen stand ich auf dem Heizgebläse und genoss es sehr, mich alleine in der Kirche zu befinden.
Interessant in Oberbalbach: Dauernd knarzt die alte Kirchentüre, und dann kommt doch niemand.
Nach einer Weile erschien die Küsterin, die ich jedoch ein wenig töricht finde, wenn man dies schreiben darf, ohne jemandem zu nahe zu treten? Beim Konzert später saß sie die ganze Zeit hinten in einer Ecke, von wo aus man nichts sehen und kaum etwas hören kann, und klatschte immer ganz leis & zag, so als habe sie hierfür keine Legitimation erhalten, und klatsche verbotenerweise schwarz.
Etwa eine viertel Stunde vor dem Konzert zeigte sich ein erster Hörer.
Ein älterer Rauschebart, - und eine vereinzelte Dame gesellte sich hinzu – zehn Leut erschienen.

Kurz nachdem der Schlußapplaus aufgebrandet war, erhob sich die Pfarrerin, die zuvor auf seltsam scharmfreie Weise zu jedem Besucher einzeln gesagt hat: „I möchte Ihnö zehn €uro abnähmö!", applausdämpfend, um mir fragend zuzuraunen, ob ich wohl noch eine Zugabe spiele? Also frug ich, ob man wohl noch eine zu hören wünsche?
„Welche Frage?" murmelte ein Herr inmitten der Murmelnden belustigt.
Da spielte ich noch den erschdn Satz von der g-moll Sonate, und dann war´s ganz vorbei. Allerdings bildete sich noch ein Träublein an Herumstehenden – aus mehreren Damen. Eine meinte, ich habe sehr überlegt gespielt. Ich aber sagte, ich überlege nichts, und spiele einfach so, wie es mir grad in den Sinn tritt.
Diese Dame hatte Schulmusik mit Hauptfach „Violine" studiert.

Abends zuhaus.
Die Pfarrerin hatte sich in Luft aufgelöst. Oben in der Stube aber saß ihr Mann mit seiner Mutter, der Schwiemu, und man verzehrte ein Abendessen, bestehend aus Fleischwürsten.
Die Schwiemu machte mir Komplimente, und ich erkundigte mich nach ihrem Mann, der ja soeben nach einer schweren Nierenbeckenentzündung aus dem Krankenhaus entlassen worden war. Die Frau seufzte und meinte, er habe eine Immunschwäche. Schon viermal war er in diesem Jahr im Spital!

Dann mußte sie aber rasch aufhüpfen, weil sie doch zur Meditation im Gemeindehaus strebte.

Und somit war ich nun mit dem dicken Herrn allein. Doch ich fand ihn angenehm und nett, und fühlte eine deutlich bessere Wellenlänge als zu seiner Frau. Dazu aß ich ein bleiches Brot mit Kräuterbutter, und erfuhr allerlei: z.B., daß er morgen zu seinem Zahnarzt nach Tübingen führe, weil dieser ein ganz besonderer Zahnarzt sei: Bei ihm muß man nie warten, er erkläre alles ganz genau, und zu seinen Helferinnen sei er immer sehr freundlich.

Der dicke Herr stammt aus Zavelstein, der kleinsten Stadt in Deutschland, und wurde dort im Jahre 1970 geboren.

Zwischen den Schwaben und den Hohenlohern gäbe es große Unterschiede, erfuhr ich.

„Es heißt zwar, die Menschen seien alle gleich, aber das stimmt leider nicht!" rief ich plaudersam aus. Doch das „leider" korrigierte ich wieder hinweg, und änderte es in ein „Gott sei Dank!" ab, das dem gefallenen Satz im Nachhinein jedoch leider einen Anstrich von Banalität gab.

Früher hatte dieser Herr auch Theologie studiert, doch nun ist er Krankenpfleger in der Neurologischen.

Ich fand diesen Herrn richtig nett, zumal er seinen Kindern abends etwas vorzulesen pflegt.

Und doch wunderte ich mich leicht über seinen Frauengeschmack, und er tat mir ein bißchen leid.

Der eine kleine Zwilling raste mit seinen Steckelesbeinchen durch den Flur, und bedankte sich so herzlich bei seinem Papi für das schöne Abendessen.

Personenregister:

Achim, Bruder des verstorbenen Musikhochschulrektoren (*um 1944)
Agnes, Chordame in Lauterbach/ Schwarzwald (*1966)
Agnes, Omi, (*1930) Mutter von meiner Freundin Margarethe in Karlsruhe
Alexander, aus dem „Schwarzwälder Boten" destillierter Heiratskandidat (*1964)
Alice, (*1977) uneheliche Schwiegertochter meiner mütterlichen Freundin Ulla in Grebenstein
Alya, (*2003) Tochter von Buzens Exe Hilde
Andi (Anderle), Onkel mütterlicherseits in Blankenfelde/Brandenburg (*1949)
Andreas, Frau, großmütterliche Freundin in Grebenstein (*1926)
Andreas, (*um 1957?) Ehemann meiner Freundin Sabine in Schramberg, Baden Würtemberg
Antonio, (*um 1956) Exlover von meiner Freundin Katharina in Lauterbach/Schwarzwald
Bärbel, (*1944) Freundin aus Hünfeld vom Onkel Dölein
Bea, Tante mütterlicherseits in Kalifornien (*1943)
Birgit, Omi, Mings uneheliche Schwiegermutter in Aurich/ Ostfriesland (*1953)
Bloser, Herr, mein ehem. Klavierlehrer in Trossingen, heut in Esslingen lebend (*1947)
Burgi, lieber Freund in Marburg (*1953)
Charles, (*2006) Enkel von meiner Tante Bea in Amerika
Christoph-Otto, Stadtmusikant von Aurich und lieber Freund (*1965)
Dan, Paul, (*1944) ehem. Nachbar in Japan, Klavierprofessor in Mannheim
Deok-Suk, Sängerin, Ehefrau und Mutter im Schwabenland (*1964)
Dieudonné, Frau, Sängerin und liebe Freundin in Ratzeburg (*1961)
Dölein, Onkel mütterlicherseits in Florida (*1936)
Doreen, (*1981) Geigenschülerin Buzens
Dostal, wohltätig veranlagte Familie in Ofenbach/ Niederösterreich

Evchen, (*1959) – ehem. Arbeitskollegin von meiner verstorbenen Omi Ella (1913 – 2003)
Feli, (*1996) älteste Tochter von meiner Freundin Ute in Rottweil
Frank, (1950–2014) jüngst verstorbener Ehemann von Frau Dieudonné in Ratzeburg
Franziska W., ehem. Mitmieterin in meinem Mietshaus in Trossingen (*um 1961)
Frauke, ehemalige Studienkollegin in Trossingen (*1964)
Frosch, Prof., ehemaliger Rektor in Trossingen (Eckdaten unbekannt †)
Gerda, (*1940) Schwester von meiner mütterlichen Freundin Ulla
Gerswind, (*1964) Exe Mings. Bratscherin im Haydn-Quartett in Eisenstadt
Hamann, Prof., Celloprofessor in Trossingen (1935 – 2000)
Hannelore, großmütterliche Freundin im Schwabenland (*1934)
Hartmut, (*1945) Onkel väterlicherseits
Heinz, (*2006) Söhnchen von meiner Freundin Margarethe in Karlsruhe
Hilde, (*1964) Exe Buzens
Hummels, Frau, Rektorin an der Musikhochschule in Trossingen (*1961)
Irma, angeheiratete Großtante in Kiel (*1937)
Isabella, geigespielende Tochter meiner Freunde – den Rabers im Schwabenland (*2001)
I-Sheng, Buzens Lieblingsschülerin (*1974)
Janosch, über mir wohnender Sohn von meinem Vermieter Schröder in Grebenstein. (*1990)
Johannes, lieber Freund im Schwabenland (*1963)
Josephine, (*2012) Enkelin von meiner mütterlichen Freundin Ulla in Grebenstein
Jürgen, verstorbener Herr aus Trossingen (1941-2014)
Karsten, (*1964) Hausfreund von meiner Freundin Katharina im Schwabenland
Kelber, Herr, bezaubernder junger Herr an der Supermarktskasse in Grebenstein. Geburtsjahr unbekannt.
„Kirsche", Intendant des „etwas anderen Festivals" in Ostfriesland (*1962)

Klein, Herr und Frau, Pensionierte Nachbarn in Grebenstein. Er, Pfarrer (*1930), sie, die gute Fee von Grebenstein (*1937)
Konrad, Ehemann von meiner Freundin Margarethe in Karlsruhe (*1965)
Koyama, Musikerfamilie aus Trossingen
Leopold, ältester Sohn von meiner Freundin Margarethe in Karlsruhe (*1999)
Lerch, Beate, Schülerin Buzens am Bodensee (*1961)
Linda, älteste Tochter von der Tante Bea in Amerika (*1973)
Lisel, Ehefrau von unserem Onkel Andi in Blankenfelde (*1932)
Lothar, Heiratskandidat aus dem „Schwarzwälder Boten." Geburtsjahr unbekannt
Marco, (*1997) Sohn von meiner Freundin Sabine in Schramberg
Margarethe, liebe Freundin in Karlsruhe (*1969)
Maria, liebe Freundin in Aurich (*1964)
Marius, (*2000) Sohn von meiner Freundin Katharina im Schwarzwald
Menzel, Frau, Geigerin in Grebenstein (*um 1949)
Miette, (*2004) Enkelin von meiner Tante Bea in Amerika
Milos, Musiktalent im Schwabenland (*um 2001)
Nicole, (*1971) ehem. Professorengattin und liebe Freundin
Olthoff, Bodo, hochangesehener Maler in Ostfriesland (*1940)
Omar, (*1972) Exmann von Buzens Exe Hilde
OSL, finstere Körperschaft, oder auch Burschenschaft in Ostfriesland, die unser Festival stehlen wollte
Pedro, (*1994) Austauschschüler aus Ecuador
Petra, (*1971) ehemalige Studentin Buzens
Picker, Frau, liebe alte Pianistin aus Linz (*1932)
Rabers, befreundete vierköpfige Familie im Schwabenland: Vati Johannes (*1963), Mutti Deok-Suk (*1964) mit ihren beiden Kindern Jan-Minou (*1999) und Isabella (*2001)
Rari, Frau, entzückende Kassiererin im REWE-Grebenstein (*um 1994?)
Rebekka, (*2001) Tochter meiner Freundin Margarethe in Karlsruhe
Ralf, Heiratskandidat aus dem „Schwarzwälder Boten" Geburtsjahr unbekannt

Reimer, Frau, frischgebackene Witwe im Schwabenland (*1942)
Rifflein, (*1978) Einziger Sohn von der Tante Bea in Amerika
Rinniker, Simone, ehem. Mitmieterin in meinem Mietshaus in Trossingen (*1972)
Rosalie, (*1999) zweite Tochter von meiner Freundin Ute in Rottweil
Roses, Familie in Grebenstein: Vati Dietrich (*1932) Mutti Ilse (*1938) mit den Töchtern Barbara (*1966) und Dorothea „Doro" (*1967)
Rosita, schriller Vogel aus Kassel. Ehem. Tänzerin im Staatstheater (*1946)
Sabine, Pianistin im Schwabenland (*1962)
Schinke, Frau, meine einzige Schülerin (*1934)
Schorn, Frau, frischverwitwete Dame in Aurich (*um 1934)
Schröder, Vermieter und Flurnachbar in Grebenstein (*1952)
Spams, Mareike, renommierte Cembalistin (Geburtsjahr unbekannt.)
Tone, lieber Freund in Aurich (*1962)
Ulla, mütterliche gute Freundin in Grebenstein (*1947)
Uschilein, (*um 1946) Exe von meinem Onkel Eberhard
Uta, Tante väterlicherseits (1936 – 2013)
Ute, liebe Freundin in Rottweil (*1966)
Veronika, liebe Freundin im Schwabenland (*1945)
Weckwerth (Fam.), Dreiköpfige Künstlerfamilie am Ende der Welt in Friedrich-Wilhelm-Lübke-Koog, von der nur noch Tochter Helga (*1936) lebt. (s. auch „Werner-Weckwerth-Museum")
Wirtz, Pfarrfamilie in Oberbalbach. Ehepaar mit drei Söhnen
Wyss, Familie in Grebenstein mit drei Kindern und fünf Enkelinnen. Vati Günther (*1939), Mutti Renate (*1940) – und von den Kindern kenne ich nur Tochter Michaela (*1972)
Yussuf, Sohn von Buzens Exe Hilde in Stuttgart (*1999)

Und weiter geht´s im nächsten Band…

Erscheint am 7. Juni 2020

Besuch uns doch mal hier:

http://www.franziska-koenig.de

www.erikoenig.de

www.musikalischersommer.com

Danke!